U0165877

不學無術

學術／從標點符號、期末報告到專書寫作

謝世宗 著

五南圖書出版公司 印行

不學無術：從標點符號、期末報告到專書寫作

「不學無術」通常是一句罵人的話，但也未必不可以用「因果關係」來重新解釋：因為沒有好好「學習」，所以缺乏特定的「技術」。論文寫作或者廣義的寫作，其實也是如此；就如同開車一樣，只要有教練的教導，雖然不見得人人都可以去比 F1 賽車，但要拿到駕駛執照應該不是難事。如果人人在現代社會中都應該學會開車的技術，那麼所有的學生也應該掌握論文寫作的技巧。本書主要提供一些寫作的指引，希望每一個上大學的同學都可以熟稔論文寫作的規則、方法與技巧。至於說這些寫作指引不見得可靠，一方面確實是自謙之詞（所以我哪裡寫錯了，別罵我），二方面因為各個學科不見得相同，因此稱不上是普遍的眞理。不過，在人文社會科學的研究領域，以下將提到的寫作指引應該大同小異，也因此有一些參考價值。

　　另外，從負面的意義來說，「不學無術」常常用來形容不走正途、投機取巧的人。在理想中，每一個學習者都應該腳踏實地、穩紮穩打，但現實是期末報告有繳交期限、碩博士班有畢業期限、找到教職之後還有升等期限，理想與現實不能兼顧，為了生存也只能妥協。因此本書除了提供正統的寫作技巧，也不得不說一些「取巧」的方法；教授沒告訴你的，我會不厭其煩再重複一次；教授不應該告訴你的，我也會三不五時夾雜在內文當中。當然你可以選擇只走正途，像郭靖一樣下苦功，最後一樣成為一代大俠，而在學術的路上懂得一些竅門，或許不能讓你成為大俠，但至少還能在險惡的江湖中混一口飯吃。不過這些竅門只能偶一為之，把「偏門」當作正途恐怕就會像歐陽鋒逆練九陰真經，最後必然走火入魔。

　　本書提供論文寫作的基本原則、方法與技巧，將從最基本的標點符號談起，並介紹期末報告與碩博士論文的寫作，更進階地深入一部學術專書的書寫。同時也將談及如何在學術這一行生存的個人經驗。

目 錄 ————————

不學無術：從標點符號、期末報告到專書寫作

083 第四部
學術這一行

第一部

小學老師
為什麼沒告訴我？

句子結束的時候用句號，但什麼時候是句子的結束？

　　我有時候問學生：什麼時候用句號？學生通常回答：句子結束的時候用句號。我就會進一步問：那什麼時候是句子的結束？別跟我說：用句號就是句子的結束。

　　一個句子語意完足的時候，就必須使用句號，這是小學老師的說法。但語意真的有完足的時候？還是一個人要表達的想法其實就像流水綿延不絕，抽刀斷水水更流？所以不管是說句子結束的時候用句號，或者語意完足的時候用句號，都不是很精確的答案。我自己的說法是：當句子要更換主詞的時候就必須用句號。

　　一個句子一旦完成就必須使用句號。但何謂一個完整的句子？一個句子的組成包含主詞、動詞與受詞（Subject + Verb + Object）。當主詞更替時，理論上就必須加上句號。例如：兩個句子「我吃了一個便當」與「他吃了一個漢堡」。原則上必須寫成：

　　我吃了一個便當。他吃了一個漢堡。

當然了，在實際寫作上，因為兩個句子都太短，所以可以逗號或分號代替句號，但舉這個極端的例子是要強調：只要更換主詞，

就是開啓另一個句子，而句子與句子之間必須用句號分隔。例如：

> 侯孝賢爲台灣新電影打開了國際市場，也吸引了一批長鏡頭風格的追隨者。在眾多的追隨者之中，有些現在已經成爲國際級的大導演，如日本的是枝裕和與中國的賈樟柯。

第一個句子中「侯孝賢」是主詞，「打開」是動詞，「國際市場」是受詞；逗號之後的主詞同樣是「侯孝賢」，「吸引」是動詞，「追隨者」是受詞——主詞相同不需要用句號。第二句的主詞換成「有些追隨者」（動詞是「成爲」，受詞是「大導演」），已經不同於第一個句子的主詞「侯孝賢」，所以中間必須用句號隔開。

　　一般學生寫作的問題是用逗號代替句號，連接許多句子，甚至一整段都是逗號從頭逗到尾。不要以爲自己是普魯斯特、王文興或者舞鶴，你不應該把句子拉得那麼長；你是在寫學術論文而不是文學作品，記得依照標點符號的使用原則確實執行。

逗號的兩種用法

　　逗號的第一種用法是表示停頓，就像游泳要換氣一樣。一如「侯孝賢為台灣新電影打開了國際市場，也吸引了一批長鏡頭風格的追隨者」的例子，如果寫成「侯孝賢為台灣新電影打開了國際市場也吸引了一批長鏡頭風格的追隨者」，雖然在文法上不能說不對，但讀起來非常吃力。用逗號加以區隔，在文法結構上就會形成 S＋V＋O＋V＋O……。只要沒有更換動詞，理論上可以一直用逗號逗下去，但實際的狀況裡不建議把句子拉得太長。

　　逗號的第二種用法是配合連接詞（如「而」、「但」等），連接兩個句子，如「我吃了一個便當，而他吃了一個漢堡」或「我吃了一個便當，但他吃了三個漢堡」。連接詞可以連接句子，但必須配合逗號，用在結構比較長的句子，例如：

　　　　侯孝賢與沈從文兩個人的時代相差了半個世紀，距離則橫跨海峽兩岸，在表現形式上更分屬文學與電影兩個不同媒介，但沈從文的小說卻對侯孝賢的電影起著關鍵性的影響，而這來自許多的因緣巧合。

上面的長句其實由三個短句組成。第一個短句的主詞是「侯孝賢與沈從文」。「逗號」跟「但」之後，連接的是另外一個句子，

其主詞變成「沈從文」，再接著「逗號」跟「而」之後，主詞變成「這」，指的是上一句的沈從文對侯孝賢的影響。善用逗號加連接詞，確實可以把句子拉長，但記得不要隨便把主詞省略，這樣句子的語意才會清楚。

分號為什麼寫成「；」？

　　分號其實是「逗號」跟「句號」的混合體，但它既不是逗號也不是句號。分號不能放在長句的結束，因此接近表示停頓的逗號，但它用來連接兩個句子時，放在 S＋V＋O 之後，跟句號的使用原則一樣。所以分號下面的符號是逗號，上面的一個點其實是英文的句號；分號是逗號跟句號的小孩，但有它自己的人生道路要走。

　　分號簡單說就是逗號加上連接詞。如果不想使用連接詞，或覺得「而」和「但」都不是很適當時，可以用分號代替。例如：

　　沈從文與侯孝賢堪稱現當代兩位華人藝術大師。一位是中國 1920 與 1930 年代代表京派的小說家與散文家，以寫作鄉土與牧歌式的湘西世界作品著稱；另一位是1980 年代台灣新浪潮的重要旗手，後來成為揚名國際的台灣導演。

第二個句子中的分號在理論上也可以用句號代替，因為在這個長句中的第一個主詞是「沈從文」，而第二個主詞已經變成「侯孝賢」。但為什麼要用分號連接兩個句子？單一短句雖然文法結構已經很完整，有主詞、動詞加受詞，但讀起來語意不是很完足。

這個時候將兩個短句並置互補，可以讓語意完足。另外一個是用分號連接兩個短句，可以拉長句子，並形成結構上的對稱平衡。換句話說，分號連結的兩個句子，長短不能差太多；不管是虎頭蛇尾或是蛇頭虎尾，都已經失去了結構的平衡。

冒號、破折號與括號

　　冒號有三種主要的使用方式：

　　一、其後可條列一系列的物件，但記得「包括」後不加冒號，如「知名的台灣現代主義作家包括王文興、七等生、李永平等等」。可是「例如」後則須加冒號，例如：「台灣 1960 年代有許多知名的現代主義作家，例如：王文興、七等生、李永平等等」。如果不是一系列的物件，「例如」只舉一個案例的話，那「例如」加上逗號也是可以。如：例如，我自己的論文〈航向蔡明亮的愛欲烏托邦：論《黑眼圈》及其他〉一開頭的標題下面加了一段引文：「〔藝術〕不真實，不是因為不夠真實，而是因為太過真實」。因為是單例，所以「例如」後面使用逗號。

　　二、對前面句子進行補充說明，例如：

　　侯孝賢明快地藉由這兩幕連結城市與情慾，預示風櫃少年由鄉村到城市之後所見的景象：未婚同居已經是城市人的生活常態，如阿榮的姐姐與未註冊登記的「姐夫」、來自澎湖的黃錦和與來自基隆的小杏。

　　三、配合上下引號使用。例如：「他認為：『台灣 1960 年代的文學主流是現代主義』」。自然，引號中的引號必須使用雙引號。

破折號常見用法有兩種，一種是作爲前面句子的補充，用法語與上述的冒號一樣，例如：

敘事者我的道德感高人一等，雖在結尾沒有導致任何死亡，但卻如悲劇英雄一般，其高貴的特質引起觀眾的同情與恐懼——同情，「起於不應得之不幸」；憐憫，「由於劇中人與吾人相似」。

破折號在此處類似冒號的功能，補充或解釋前一個句子，但語氣比冒號強。

教育部網站上的「重訂標點符號手冊」修訂版，俗稱的括號其實是「夾注號」，由兩個破折號所組成的是「乙式」，在句中作爲夾注說明時，語氣比較強烈，例如：

因爲自傳體的敘述形式——由現在的敘述者「我」回顧說明從前的我的生命經驗——沈從文的自傳因此多了一種反思性（reflexivity）。

也可以使用一般所謂的括號代替，也就是「甲式」，但語氣比較緩和。例如上面的例子改成以下：

因爲自傳體的敘述形式（由現在的敘述者「我」回顧說明從前的我的生命經驗），沈從文的自傳因此多了一種反思性（reflexivity）。

夾注的句子意義不變，但括弧的強調性明顯降低。

　　括號的主要用法有兩種。第一種是夾注說明，有如兩個破折號的功能，如上所述。第二種在學術論文當中比較常見，用以補充特定名詞的資訊，如在人名後面加上生、卒年，專有名詞後面加上外文、原文等等。

頓號與刪節號

　　頓號也是停頓的意思，但比逗號的停頓時間更短，主要是用來區隔一系列的項目。例如：「整部電影卻又充斥著許多猥褻、俚俗、滑稽的語言，以及荒謬、諷刺，甚至鬧劇式的笑點，表現出一種喜劇意識或精神」。如果使用「和」或「與」等連接詞，之前不要再加頓號，如「王文興、七等生、和李永平」就不是正確的寫法，但「王文興、七等生、王禎和，以及李永平」的例子裡，「以及」前面筆者會比較傾向加一個逗號。

　　刪節號：表示數量多，不再羅列或文句有所省略。

　　一、表示數量多，不再羅列。例如：「台灣1960年代有許多知名的現代主義作家，如王文興、七等生、李永平……」，不要寫成「如王文興、七等生、李永平等等……」。「……」符號與「等等」二擇一使用即可，不要畫蛇添足。但在正式的論文行文當中，建議使用「等」或「等等」，而不要使用刪節號。例如：

　　　　葉月瑜指出《沈從文自傳》與侯孝賢電影的雷同之處，包含淘氣的童年生活、好奇心、熱情執著（enthusiasm）、鬆弛的家庭結構、男性情誼和對學校教育的輕視等主題。

　　二、表示文句省略。當然不會用來省略自己的文句；如要省略就直接不要寫上去就好。所以表示文句省略多半是引用文獻時，有所刪節省略。但這又分兩種狀況，一是文獻本身有所省略。例如：「這些人……按照一種分定，很簡單的把日子過下去。每天看著過往船隻搖櫓揚帆來去，看落日同水鳥。」但有也可能是我們引用時，引文太長而需要刪節，但要明確區別這是原文作者本身的刪減或是論文寫作者進行的刪減。如果是前者直接用刪節號即可，而如果是後者則有兩種做法。第一是建議在刪節號前後加個括弧以示區別，也就是說（……）表示筆者自己的刪節，但如果只是……則是作者的刪節。第二種做法是用刪節號時配合「前略」、「中略」等說明使用，以免讓讀者誤解是文獻本身就有所刪節。

　　但一般而言，引用時盡量勿刪減原文，一方面，避免與原文使用之刪節號混淆，另一方面，避免斷章取義的疑慮。

引號與其他標點符號

引號常見的用法有三種。

一、某一詞加上引號，強調和一般意義使用上有所差距。例如：

在《香蕉天堂》這部電影中，月香給門閂一只吃了一半的香蕉，暗喻他是一個被去勢的非男人，或者說是一個尚未長成「大」男人的「小」男孩。

二、某人說話，用冒號加引號。引號中使用直接引文，引號中的引號要用雙引號。那麼引號中的引號的引號呢？拜託，請用盡你吃奶的力氣避免。

三、直接引述文獻時，插入文中，與自己的文字作區隔。例如：

「娛樂上的狂熱」正是這群人生命力充沛的證明，但這群活在歷史之外的人（也就是生活在現代性的進程與發展之外），其生命力卻只在「慶賀或仇殺」之中虛耗。因此沈從文認為當務之急是將其狂熱的生命力導向「新的競爭方面去」。

引號中的都是沈從文本人的敘述文字，其他的則是筆者自己的論述文字。

　　分隔號「／」表示同時指涉二者，是「或」的意思，如「他／她」指涉男性或女性。除非特殊狀況，應盡量少用，避免造成讀者閱讀上的困擾。尤其上述涉及性別的狀況，應用性別中立的代名詞，如「我們」（「他們」在中文還是有性別指涉，但英文「they」就沒有性別的問題）或「所有人」（絕對性別中立的詞語）。

　　問號與驚嘆號：句子盡量勿以問號及驚嘆號作結。問號如要使用多用於導論，用意是引發讀者好奇，但不要太多問句，讓讀者滿頭霧水。結論中即使提出未來要進一步研究的問題，仍應改以肯定語氣為佳。至於驚嘆號則根本不要使用。寫論文有什麼好驚嘆的？驚嘆自己寫得太好嗎？別大驚小怪！

掌握這個原則，句子清楚而且如行雲流水

寫論文如說故事。人物＋複數的動作組成故事；同理，論文句子也由主詞＋動詞＋受詞構成，至於形容詞、副詞等，盡量不要使用。譬如說，你要講莎士比亞就直接說莎士比亞如何如何，不必要加上「偉大的作家」莎士比亞。只要掌握主詞和動詞確實出現，並各在適當的位置，即可達到有效的溝通。

當你在寫一個句子的時候，千萬不能省略主詞；拉長一個句子的時候，記得後面的文字修飾前面的文字，亦即「後者修飾前者」的原則。例如：

> 王禎和的喜劇，用批評家的剖刀劃開，裡頭竟是「社會主義寫實小說」，不只批判、剖析了資本主義，嘲諷了身在其中的每一個人，也試圖揭露或建構出社會關係的總體性。

在這個相對長的句子中，「王禎和的喜劇」是主詞，「用批評家的剖刀劃開」是針對主詞進行的動作，「裡頭竟是『社會主義寫實小說』」是動作之後的結果。底下三個小句「不只批判、剖析了資本主義」，「嘲諷了身在其中的每一個人」，「也試圖揭露或建構出社會關係的總體性」都是修飾「社會主義寫實小

說」。三個小句子也都是用動詞加受詞的句法：動詞是「批判、剖析」、「嘲諷」與「試圖揭露或建構」，分別對應受詞「資本主義」、「每一個人」與「總體性」。

進一步而言，當你使用主詞＋動詞＋受詞的結構進行論述時，請以鎖鏈式的結構串接句子與句子。也就是說，原句子的新資訊會成為下一個句子的舊資訊。每個句子都是以舊資訊＋新資訊的方式呈現，舉個極端的例子：

> 我吃了一個漢堡。漢堡是我在麥當勞買的。麥當勞位於光復路上。光復路有個交流道……

句式表現可看出是（舊資訊＋新資訊）＋（舊資訊＋新資訊）＋（舊資訊＋新資訊）＋（舊資訊＋新資訊）＋……的型態，句子和句子間以相同的名詞連結，並在新與舊的資訊轉換與新資訊的添加過程中，逐步完成句子跟句子的扣連。句子跟句子就如同火車一個一個的車廂，車廂與車廂之間要有扣連，而這個扣連建立在資訊／語意的重複之上。例如：

> 進一步來說，小說中「去勢男人」的存在，必須先預設具有陽具的國族男性。從這個角度來看，勃起的國族男性如果不是在文學中，至少也是戰後台灣文化想像裡的重要角色。回顧戰後國民黨教育體制下的國中小課本，從祖逖、岳飛、鄭成功、孫中山到蔣介石一系列的民族

英雄，以及為了推翻滿清、抗日剿匪而拋頭顱灑熱血的無數革命先烈、青年志士——從與妻訣別的林覺民到死守四行倉庫的謝晉元，毫無例外地都是勃起的國族男性。同樣的，由於1970年代台灣的外交困境，當時的大銀幕呈現了一個個勃起的國族男性；抗日電影如《英烈千秋》（1974）、《戰地英豪》（1975）、《梅花》（1975），充斥著無數直挺挺的國族男性，以及自我去勢或被去勢的漢奸。由此可知，漢奸買辦與國族男性、去勢男人與勃起男人，在文學與電影的再現中，向來是焦不離孟、孟不離焦的同志關係。

以上的段落總共有四個句子，每一個句號的前後，都要有語意上的扣連。

最後的幾個小提醒：主詞和動詞間不應插入過多的字詞，以免造成主詞和動詞相距太遠，造成閱讀上的連結困難。也要避免過長的名詞，如使用太多的「的」，像是「1960年代的台灣的經濟快速發展時的工業生產模式」。動詞的使用也盡量要有實際意義，避免「虛」的動詞，如「以……為研究對象」中的「為」字，不只動詞本身的力量不夠，也產生出太多贅字（語言癌）。例如：「本文以魏德聖的《海角七號》為研究對象」，不如寫成「本文檢視魏德聖《海角七號》中台灣共同體的想像」，一句話標示出研究對象（《海角七號》），以及更精確的研究主題（台灣共同體的想像）。更要盡量避免在中文中使用「被動式」（其實英文寫作也要避免），因為容易造成語意不清、增加閱讀困難

或讀起來像英文翻譯。例如：「這篇研究的結論通常不被科學家所接受」宜改成「科學家通常無法接受這篇研究的結論」。一般來說，致力於使用簡短的句子表達清楚的語意，但簡短並非最終目的，清晰才是。

歐化的中文一定不好嗎？

　　學習英文一定無助於中文的寫作嗎？台灣學生現在從小學，以前從國中就開始學習英文；英文的語法因此難免影響了中文的寫作而顯得有些歐化（其實是英化）。余光中曾經大力批評中文的歐化句法，認定是不純粹的中文。在實務上，我們的確看到學生寫中文時胡亂使用被動式，正是歐化句法的弊病之一。

　　我們都記得在學校學習英文的被動式，I ate a hamburger（我吃了一個漢堡）可以改成 A hamburger was eaten by me（一個漢堡被我吃了）；考試的時候甚至考學生如何將主動改為被動。不過英文老師似乎忘了說，儘管英文被動式在文法上是正確的，但在英文的書寫中卻應該盡量避免。換言之，A hamburger was eaten by me 美國人聽起來也會覺得怪。有沒有可能，中文的歐化句法不見得必然不好，不好的其實是「不好的」歐化句法？換言之，好的歐化句法有助於白話中文的寫作。以下分成幾個層面說明：

　　一、在文言文的影響下，有時候學生會在句子中省略主詞，但英文的句子必定有主詞（subject）、動詞（verb）與受詞（object），簡稱 SVO 的句型。白話中文跟英文一樣都是 SVO 的句型，日文則是 SOV，如中文「我吃了一個漢堡」，在日文比較像是「我漢堡吃了」的次序。既然在語言學上，中文與英文

都是 SVO 結構的語言，白話文書寫不妨學習英文，盡量依循主詞、動詞加受詞的結構，即使有時顯得累贅，也不應該隨便省略主詞。

　　二、學習 SVO 句型的另外一個好處，就是使用句號會有清楚的規則。許多人不知道使用句號的規則，只憑感覺下句點。每個人都知道句子結束時下句點，但句子什麼時候才算結束？用句點的時候嗎？別鬧了。句子在更換主詞的時候結束，句點因此下在下一個變換了的主詞前。舉例一：「我吃了一個漢堡，他吃了一個蘋果」，其中的逗號應該更換成句號，因爲主詞從「我」變成「他」了。舉例二：「我吃了一個漢堡，又吃了一個蘋果」句中的逗號就是正確的，因爲主詞沒變，還是「我」。如果嫌例一中的句子太短，這時可以用分號連接兩個句子，如「我吃了一個漢堡；他吃了一個蘋果」。中文句子絕對不要省略主詞，很重要，但我不想寫三遍。

　　三、中文構句的彈性大，缺點則是語意曖昧；英文書寫中的連接詞，可以幫助釐清因果邏輯。例如：「他們不去，我們也不去」可能是「因爲他們不去，所以我們也不去」，也可能是「如果他們不去，我們也不去」，又或者是「他們不去，而我們剛好也不去」。原來的句子在口語中並無不妥，眞正的意思也可以依照上下文判斷，但如果是書寫體，個人還是建議以適當的連接詞連接兩個句子。中英文都有許多連接詞，如「並且」、「因此」、「而」，或暗示語意的轉折，如「但是」、「然而」等，都可以協助中文書寫在邏輯上更加明晰。

上述三點其實是英文寫作的基本原則。其他小到各式標點的運用，到句子與句子如何流暢串連，再到段落、章節、論文的結構方式，在英文書寫中都有明確的規定或建議。英文書寫（至少美式的英文）已經是相當標準化（standardized）的語言，而且相關的寫作書籍不勝枚舉（如 William Strunk Jr., *The Elements of Style* 和 Joseph M. Williams, *Style: Toward Clarity and Grace*），值得中文書寫者參考。世界上沒有純粹的中文，只要是活的語言就會不斷變化，並且受到其他語言的影響。學習任何語言包括英文寫作，均對中文寫作有所助益，就看學習者能否舉一反三、靈活運用而已。

適度的「後設修辭」讓句子跟句子的連結更順暢

後設修辭（metadiscourse）是指涉書寫的文字。因為以文字指涉文字，可視為一種「後設」文字，常用於說明論文的論述方向，例如：

> 本文借助西方的喜劇理論探索王童台灣三部曲中的喜劇元素、精神與視境。

這段話指涉整篇論文的內容，點出論述方向。不過，在論文中應避免過度的自我指涉，勿濫用「我們」、「本文」等詞語，盡量少用「筆者」或「我」來自我指涉。「我們」的使用訴求是試圖拉攏、說服，使讀者產生親切感時使用；「本文」、「本論文」追求中立客觀性，但與讀者會有一種距離感。

過渡修辭（transitioanl metadiscourse）作用是引導讀者閱讀，如導遊指路般，給讀者預期，類似路標、行程說明，但同樣不宜過度使用。參考英文句法，常見的過渡修辭有幾類，包括：「邏輯性」的，如「然而」、「但是」、「相對而言」、「因此」、「此外」；「評價性」的，如「一般而言」、「持平而言」、「整體而言」、「更重要的是」；標明次序，如「首先」、「其次」、「最後」；「總結性」的，如「總歸而言」、「總之」。

　　上述的一般性修飾多半中立而客觀，要注意的是「強度修辭」，可再分為「弱化修辭」，例如：「應該」、「或許」、「也許」、「可能」、「如果……就……」、「從另一個角度來看」等，使用上的好處是顯得較不武斷而謙虛，但壞處是使論點顯得不太確定。強度修辭的另一種是「強調修辭」，好處在其確定性，但反過來也有誇大、自說自話的危險，像是「即便……還是……」、「總是」、「某某某從未談及」、「必然」等語氣就相當強烈，不是很有把握不要使用。如「馬克思主義從未談過環保的議題」這樣的宣稱，就太過強烈並武斷。你真的有讀過所有的馬克思主義著作？不然你怎麼判斷那麼多的馬克思主義理論家與學者，從來沒有一個談過環保的議題？

　　這些修飾詞可以單獨使用或多個組合並用，但還是要避免過多，如同前文所說，重要的是，把想表達的論點表述清楚，再來才考慮修飾問題。

寫作風格的修飾

　　確立了句子、段落，接著可以進入風格上的修飾，目的是讓論文達到簡約、優雅，乃至有所變化。首先要達到的是簡約。避免不必要的同義字，不需要多加解釋的地方不必一直「換言之」。也要避免無意義的修辭，譬如「筆者以為」這樣空洞無內容的累贅發語詞。如與先行研究對話時，先引述前人所言，再用「但」或「然而」作為轉折，接著陳述自己的論點即可，不用再說「筆者以為」。再者要避免被動式。被動式常會使句子更複雜、更不易閱讀，以前面提過的主詞、動詞加受詞的形式表現，就已經恰如其分。

　　簡約外，還要考慮優雅，句子的平衡感很重要。寫作最常犯的毛病是頭重腳輕，這種情形可以使用三元結構來排比句中的材料，由短至長循序漸進。排比的使用能幫助保持句子的平衡，具有美感，如以下的句子：

　　邊緣、異質、去中心的概念，常常出現在同志／酷兒文學批評中。

此處談到「邊緣、異質、去中心」三個概念，以排比型態層層遞進。多使用三元結構構句，可以呈現平衡感與韻律感。

　　把握簡約與優雅以後，則要追求變化，第一個方法是以長短不同的句子來表現文章節奏；短句較爲急促，長句則相對紓緩，長短句交錯讓節奏活潑生動。整個段落都使用長句或短句都不適宜，除非有特殊考量。再來，爲了讓文章更有文學性，可以使用比喻（metaphor）。比喻有幾種功能，可以單純表現美感或作爲強調、說明之用，但比喻僅是輔助，切不可鳩占鵲巢、反客爲主。一種較好的處理方式是，先用論述的文字講述一遍，再加入比喻，當作重複說明。精確又有創意的比喻對論點有加分作用，同時也滿足美感的追求；論點較爲複雜時，比喻比直接的論述更能說明論點，老子所言「歪打正著」即是如此。以下的例子以「糞便」作爲比喻，解釋「卑賤物」的概念：

　　此一理論的重點乃是指出卑賤物（abject）是自我或本體所唾棄，但卻無法完全排除的曖昧存在：它與本體相對但卻又不完全與本體分離。例如：糞便並非是可以客體化的他者，因爲它提供生命體需要的水分與養分，而與身體具有藕斷絲連的關係。或許正因爲如此，尚未社會化的嬰兒，對於品嚐自己的排泄物似乎有某種著迷——它來自本體卻非等同於本體，它看似客體卻又是本體的分身，它的身分曖昧不明，它非此亦非彼。衛生概念導致排泄物的卑賤化，反映在成人對排泄物的憎惡。弔詭的是，我們在潛意識裡頭知道，人體的排泄物無法被徹底排除，也因此我們對它加倍憎惡，因爲它同時提醒了我們身體的神聖與污穢。

總之，寫論文最好能當自己在製作一套可口的餐點，力求兼具酸、甜、苦、辣、鹹各種滋味，或者說像交響樂或雲霄飛車，平淡悠遠和澎湃刺激之感交雜；若能時而諷刺挖苦，時而嚴肅平穩，灌注各種表情於文字當中，論文便不會感覺平板或乾巴巴，也可以提升讀者的閱讀意願。

謹慎使用文言文與成語，記得你不是古人

　　學習文言文對白話文寫作有幫助嗎？老子說：「禍福相倚」，說明世界上的事情往往沒有絕對的好或壞。上述問題的答案同樣也不是那麼簡單的「有」或「沒有」，而是「不一定」或「看情形」。就如同「人參可以強健體魄嗎」，中醫的回答也是「不一定」。對氣虛體弱的人，人參可以補中益氣，但對身強體壯的人來講，多吃人參反而有害無益。即使是氣虛的人，人參也不是什麼時候都可以吃，如感冒的時候就不宜。所以，學習文言文對白話文寫作有沒有幫助，自然必須看情況。

　　事實上，文言文與白話文本來就沒有截然二分；有許多白話文的用語本來就借用自文言文。當然白話文也借用自其他語言，如日文與英文，尤其是一些現代詞彙更是如此，如「雷射」（Laser）一詞。就文言文對白話文的助益而言，文言文至少可以增加白話文的文采與密度，例如：本文引用「禍福相倚」的成語，白話翻譯是「好事與壞事常常相繼出現」，但「禍福相倚」不只比白話簡潔，而且還有形式與音韻上的美感，遠非白話文所及。但運用文言文以增加文采與密度的做法總是好的嗎？也不見得。胡適認為白話文如有需要，挪用文言文或俗語亦無不妥，但他反對用典。或許比較持平的說法是，一個作者必須看他寫作的文體，決定是否要融入文言文的詞彙與典故，而這正是曹丕《典

論‧論文》說的：「奏議宜雅，書論宜理，銘誄尚實，詩賦欲麗」。寫抒情性的散文或許可以華麗，但在報紙或網路上的議論文章，講求的是淺白流暢，能讓讀者立即了解作者的論點，因此過度講究文字的鋪陳與用典顯然不適當。

　　除了詞彙與用典的使用該審慎外，文言文語法的挪用可能造成文白夾雜的弊病，也就是白話文「文言化」的傾向。筆者從小喜歡閱讀古文，更背誦了不少古典的詩詞歌賦，因此便在高中時寫出文白夾雜的作文，自以為盡得古人風流，但沒想到馬上就被國文老師批評說是文白夾雜。文白夾雜到底好不好？我高中老師都說不好了，你覺得大學教授會接受嗎？進一步，我不建議學生的學期末報告使用成語、典故或過多的文字修辭，而是著力於文筆流暢、論點清晰。這對一般大學生而言，已經不容易做到了。至於學術論文，偶而用一些典故或文言的詞彙，確實可以增加一些文采，但偶一為之即可，畢竟你不是古人，不要賣弄國學知識，更不要寫現代駢體文。

凡規則必有例外

　　規則不是眞理。凡規則必有例外，才是眞理。以上種種寫作的建議都是「原則」，原則上我們寫每個句子都盡量依據上述的「原則」，但如果覺得在某個地方，打破原則還比遵守原則更好，那就忽略原則。畢竟，規則是死的，而人是活的。

第二部

文獻探討與回顧

為什麼要引用文獻

　　所有的學術研究都是站在巨人的肩膀上再往前進一小步。

　　參考書目或引用書目裡頭的文獻，必須是作者自己在本文當中有所引用的，不管用的是轉述式、插入式或者獨立引文。雖然叫做參考書目（事實上叫引用書目比較精確），但不是在你研究過程中所有閱讀過的都可以列進去（難不成你要把從小讀到的書全部列進去？）。只有你在內文中引用的書才能列為參考書目。

　　引用是為了對話，不是訴諸權威。記得我小學時寫作文，還會引用先總統蔣公或者國父的話，而且提到先總統蔣公和國父前面還要空一格。我們已經不是生活在威權時代，不要引用權威人士的話來證明自己是對的。更不要引用別人的話來替自己說話。其實你相當同意別人的一段文字，你也不應該用獨立引文的方式徵引，而是用你自己的話重述，不要這麼懶。徵引別人的話來表達自己的意見，缺點在於夾雜他人的文字（即獨立引文）與自己的文字，導致書寫風格上的不一致。你在寫的是自己的論文，所以應該用自己的話表達你自己的意見，而即使是重複別人的意見，也盡量用你自己的話說出來。

　　當然其他人說的話，如果我們同意，不是不能引用，但你既然已經同意別人說過的話，你又何必要寫這一篇論文──寫論文的目的不是要說明自己不同於其他人的意見嗎？所以比較常見

的做法是某甲認為如此如此，某乙認為如此如此，但我的意見是如此如此。你引用別人的目的，是為了要讓自己進行補充或者批評。這樣的論文才有所謂獨創的洞見。

　　沒有必要引用權威人士的話來說明一般的見解；權威人士的一般見解還是一般見解。權威人士的話語權威應該來自於他的洞見而不是身分。所謂「聞道有先後，術業有專攻」，在學術上所有人都是平等的。「平等」當然不是說每個人的學術論文都沒有好壞之分，而是說在書寫學術論文的時候，理論上是站在同一個平等的基準點上進行對話。因此，你稱呼他人時，直接稱呼名字即可，不要在前面加上冠冕堂皇的形容詞，也不用在後面加上教授或者院士，即使這個人是你的指導教授。學術論文的寫作是民主對話的一種形式，學術之前人人平等，唯一有高下之分的只有意見。因此，引用權威的意見，但不要只是引用權威。

　　引用要按照原文的樣貌照抄過來。記得在照抄過來之後，隔一段時間再回過頭來檢查引文，看看是否有漏字或打錯字的狀況發生。而這也提醒我們，務必把引用原文的出處記錄下來（包括作者、出版地點、年分、頁碼等等資訊），當然也可以把原文的出處影印保留，最後整理成一疊引用文件歸檔，以便在之後出書校對的時候可以再進行檢查。

如何進行文獻回顧

　　當我們收集好相關的研究資料之後，我們自然要進行閱讀，也就是一般所說的文獻回顧。在閱讀的過程中，我們通常也會找到更多的文獻，提供下一個階段的進階閱讀。收集資料與閱讀，二者之間的關係是來回往復的，而且根據不同的目的，閱讀模式和速度必須進行調整。以下列舉三種文獻回顧的目的與閱讀方式。

一、搜尋式閱讀

　　這類閱讀的主要目的是搜尋研究問題，也就是「問題意識」。先確立了研究的大致範圍後，廣泛地閱讀相關書籍以充實基本知識，並從此過程中尋找研究的問題。如讀到的相關論文中可能有要對話、批評的地方，或者有學術版圖上的缺塊待補足等等，都可以成為日後的研究議題。這類閱讀宜用一般速度進行，一邊吸收研究領域內的相關知識，一邊挖掘自己論文的問題意識。

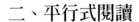

二、平行式閱讀

　　有了問題意識後，進一步尋找研究方法時使用。此時，可以開始閱讀雖然題材不同，但可能在研究方法上可以相通的文獻，以學習其方法學和可以參照的論點。譬如，我自己在研究台灣作家廖輝英小說中關於妓女的再現時，同時也參考了國外學者對英國十八世紀的小說與法國十八世紀小說中的妓女形象的研究。雖然參考文獻與自己研究的主要材料並沒有任何直接的關係，但這類平行閱讀，或者稱之為「參差閱讀」的手法，可以提供方法學上的啟發。這個階段的閱讀因為需要細緻的理解、梳理，因此建議慢讀。一點提醒：在上述的情形中，引用或參考資料若是作為自己研究的啟發或影響的來源，可以放在註釋中說明即可，如果有需要深入討論的才放入本文中。

三、檢查式閱讀

　　最後當論文大致完成，此時閱讀二手文獻資料裡，相關但尚未來得及閱讀的部分。這個時候只要快快讀過或略讀，因為目的是檢查自己的論點是否跟前人有重複之處。檢查之後，如果發現文獻與自己的切入角度和理論框架不同，則可以不加理會，或者放在註釋中當作額外的文獻參考即可。若有關則一定要引用，並融入自己的本文中，表示你已經注意到前人相同的論點。因為檢查式閱讀注重的是，檢視自己是否重複前人的論點，所以通常透

過快讀或略讀的方式即可，是一種目的性明確的閱讀方式。

　　所有有用的文獻資料，最後都別忘了留下記錄。建議把書籍或期刊論文的出版資訊部分（包含作者、出版年分、出版社與索書號等等）影印。參考過的學術論文也全部影印，書的部分則挑重要的印下來，並且在文件上畫重點或用便利貼標示，以便需要重新閱讀時，可以在短時間找到需要的片段。自然，若使用的書籍屬於公共圖書，切忌將重點畫或寫在上面，也不要用折頁的方式做記號。讀書人要有一點公德心，請選擇品質優良的便利貼（不會在書本上留下痕跡）畫記重點。最後把所有的影印資料彙整在一個資料夾裡，再用貼紙標示出重要頁面；不但方便攜帶，而且在修改論文時，在資料的尋找上也很有幫助。論文出版之後，也不要把資料夾中的影印資料立即丟棄；就像你報完稅，必定要列印出報稅的資料留存一樣。你不知道哪一天，這些影印的資料還可以再派上用場。

相關文獻太多怎麼辦？

　　談論這個問題前，我們必須先了解第一手、第二手、第三手資料的差別。第一手指的是原始資料，如歷史學研究中的原始文獻、檔案或者文學研究裡的文學文本；你當然必須盡可能地找到與你研究相關的第一手資料，並且詳細地閱讀。第二手資料是對於第一手資料的研究成果，也是你的論文主要對話的對象。第三手資料指一些摘錄、濃縮、介紹第二手資料的書籍，如導論性書籍、詞典等等。基本上一、二、三手的認定界線並非絕對，但第三手資料你自己閱讀就好，盡量不要在論文當中引用，比如維基百科、英文字典或哲學辭典之類的。第一手資料的蒐尋有時候根本不是問題，譬如莎士比亞全集就在圖書館裡；有時則是一個非常專業的問題，像是要找尋百年前的歷史文獻。底下我們只能簡單討論第二手資料的重要性研判原則。

　　通常第二手資料的問題不是資料太少而是資料太多，因此我們必須先研判其重要性。一般而言，有同儕審查的學術期刊較一般期刊重要；由大學或民間的學術出版社所出版的學術書籍也較一般商業性的書籍重要。注意最新的研究情形，避免議題的重複操作，而早期的研究雖較不重要，但開山之作亦不可被忽略。重量級作者所寫的書，即使是為一般讀者寫的沒那麼學術性的書籍，研究者也應該找來看看，而碩博士論文因為是由研究生寫

的，相對的重要性沒有那麼高。

　　在理論上，我們不能藉由作者的身分地位而判斷其論文的重要性，所謂「不以人廢言」。一個碩士班學生也不見得不能提出他的洞見，一個院士講的話也未必字字珠璣。安伯托・艾可（Umberto Eco）說：「如果要做研究，不能鄙視任何資料，這是基本原則」。[1]艾可的說法令人尊敬，理論上也應該如此，但實際上卻未必能夠做到。比如說一個學者要寫一篇關於黃春明的論文，他真的要把大約有十幾本的碩士論文，以及好幾本的博士論文全部閱讀過嗎？更不要說中國的相關研究書籍通常都有一大堆，而且在台灣取得不易，那是否一個台灣文學的研究者也要納入中國研究生的碩博士論文？理論上應該如此，但卻會耗費太多時間，所以事實上這樣做的人並不會太多。究竟碩博士論文到底要不要參考？如果你寫的是碩博士論文，其他的碩博士論文或許是你必須參考與對話的對象；但如果你已經進入學界，寫的是專業期刊論文或專書，可先忽略碩士論文，博論則要比較注意。當然，重要的資料詳閱，不重要的略讀，這是不變的通則。

---

[1]　安伯托・艾可（Umberto Eco），《如何撰寫畢業論文：給人文學科研究生的建議》（台北市：時報，2019），頁 210。

一定需要運用外語文獻嗎？

　　在語言能力許可下，研究者必須要運用所有能找到的外語二手資料。台灣的研究生自然必須運用中文資料，但英文文獻基本上應該也要能夠掌握；當然如果有中文翻譯的話，引用二手資料的中文翻譯也可以。對已經在學界工作的研究者而言，如果有少量的外語二手資料是本身沒有辦法閱讀的，則可以找專業人士求助，進行相關章節的翻譯也是權宜的做法。缺點當然是一來找人翻譯要耗費時間、金錢與力氣，二來沒有親自掌握二手資料的原文，在翻譯、引用的過程中可能有誤解的狀況。非常功利地說，只是要從這篇文章或書裡擠出一個引文，可以名正言順地放進自己文章中當參考書目而已，所以不要太過倚重這些沒辦法親自閱讀的二手資料。

　　譬如我自己撰寫侯孝賢的專書，主要的參考文獻來自台灣、香港以及西方學者以中英文寫成的論文和書籍，以及少數以法文寫成的資料，但日本的侯孝賢研究，我就沒有再花時間請人翻譯和閱讀。另外，中國的碩博士論文以及期刊論文，老實說我也很少參考。理由之一是中國學者的論文因為某些因素，在人文社會領域的研究水準其實還及不上台灣，因此參考價值或者重要性偏低。理由之二，真的是因為時間與空間的因素，既沒有那麼多時間通讀所有的文章與碩博士論文，也不容易取得相關的期刊

論文以及碩博士論文。礙於現實，有時只好睜一隻眼閉一隻眼，像鴕鳥一樣把頭埋進沙子裡裝作沒看見。

　　理想上研究者能夠閱讀越多種語言的文獻越好，但一個研究者不可能閱讀所有以不同語言寫成的學術著作，而只能在個人的能力範圍內盡量含括。畢竟每一篇論文或每一項研究，都有其局限，重點不在寫一篇完美的和無所不知的論文，而是站在特定立場上提出個人的洞見，並且具有一定的說服力。

第一手資料讀不懂，可以轉引第二手資料嗎？

　　如果第一手資料是文獻，你當然要想盡辦法讀懂第一手資料（可能是日文、韓文或文言文），但第一手資料如果是西方的理論，而你只是要挪用來討論中文的文本呢？

　　最基本的原則是，不要引用二手資料卻假裝自己讀過第一手，問題不只是誠不誠實，更在於讀者很容易辨識出作者其實並沒有閱讀原著（至於同學你問我為什麼知道，我只能告訴你論文讀多了我就是知道）。因此，比較誠實的做法是在註釋中標示：「轉引自××」；最好的做法當然還是回溯到第一手資料，自己進行閱讀後再行徵引。

　　譬如我最常見的狀況是，學生引用巴巴（Homi Bhabha）「學舌」（mimicry）的概念，其實都沒有閱讀過原著《文化的位置》（*The Location of Culture*），而是在其他的台灣學者論文當中閱讀到此一概念，然後挪用到自己的論文。學生通常不想暴露出自己其實並沒有讀過原著，於是移花接木，把台灣學者論文中的註釋直接挪用到自己的論文中。這樣的挪用當然有幾個問題，第一個可能，但比較少發生的是，學者引用的頁碼有誤，而你沒有找原著再確認，以至於將錯就錯地轉引。第二個問題是，你所徵引的學者對巴巴的詮釋，已經是簡化過的版本；你再轉引自這位學者，又再簡化了一次，以至於理論本身的複雜性簡化成了一般性

的常識。

　　如果你真的讀不懂第一手資料，而需要二手資料的輔助，那至少要閱讀比較可靠的二手資料。在上面的例子中，你至少可以找幾本專門介紹 Homi Bhabha 的著作，或者後殖民理論的導論性書籍（其中大概都會有直接介紹 Homi Bhabha 的篇章），然後很誠實地援引自這些二手書目。個人覺得如果是寫碩士論文或者期末報告，這樣的做法是可以接受的，畢竟你們還是初學者。但如果是博士論文，或者已經進入學界準備撰寫期刊論文，則這樣的做法就有點危險，應該能免則免。

　　不過，這在學界也不是沒有類似的例子。譬如：霍爾（Stuart Hall）算是文化研究學界的大師，但他的論文「文化認同與離散」（Cultural Identity and Diaspora），雖然援引了德希達（Jacques Derrida）的概念「differance」，卻也沒有參考原著。他引用自兩本二手資料：Christopher Norris 的 *Deconstruction: Theory and Practice* (1982) 與 *Jacques Derrida* (1987)。雖然他是研究德希達相當知名的英國學者，但 1982 年的這本書其實是非常廣泛的導論性書籍，談到德希達的部分也不是特別深入，老實說不太適合徵引在專業的學術論文中。反過來講，在知識爆炸的今天，沒有人可以讀遍所有的理論性書籍或者該領域的大師著作，霍爾的做法也不是不能接受。

三種引用他人文章的方式（不要懷疑，沒有第四種）

　　論文不能都自說自話，因爲論文必須建立在前人研究的基礎上，再進一步提出自己的看法。論文作者不是《地下室手記》的主角在自言自語，而論文則是將來必須放在公共圖書館的思想資源。引用其他人的文章，只有下列三種方式。

　　第一種是轉述式：轉述引文，以自己的話重新敘述，例如：

　　如林文淇所言，幸慧獨立無懼的性格突破了當時愛情片中的女性傳統形象，例如，她不理會校長要求繪製政治標語的指示，帶領學生在牆壁上彩繪海底世界，隱含了對威權體制的反抗與批判。

引用他人文章時以轉述式爲第一優先。

　　第二種是插入式：使用部分自己的敘述，加上部分的引文，而此時須加引號以區隔「引文」與「自己的話」。插入式因保留原作者獨特的說法、語氣與關鍵字，並對原文進行重新切割與排列，過度使用將造成書寫風格的落差。插入式引文有的人會使用標楷體，但建議不要多此一舉，因爲細明體與標楷體混在一起，在排版上看起來有些混亂。用引號區隔已經足夠。例如：

為了將沈從文的觀點翻譯到電影媒介中，侯孝賢在拍攝時總是叫攝影師「遠一點、冷一點」，讓攝影機「在遠處默默地看著他們」，「自然讓某種真實的狀態呈現出來」。

在以上的句子裡，有引號的是侯孝賢自己的用字。只有在被引用者本身的用字具有重要性時，才適合直接引用並放在引號之中，否則只要使用第一種轉述式即可。

第三種是獨立引文：直接引用他人的整段文字。不必使用引號，但前後必須空一行，以便與自己的文字區隔。原則上引用的文字必須超過四行，才能使用獨立引文，否則使用第二種插入式即可。一般期刊論文中，獨立式引文需要使用標楷體，並且在每一行之前空兩個字（有些期刊則要求空三個字）。請見以下的例子：

《湘行散記》（1940）乃是沈從文離鄉多年後，首次返鄉的所見、所聞、所感；其中對湘西人與自然同調的一番辯證思考，最足以和侯孝賢電影中的風櫃比較：

　　這些人……按照一種分定，很簡單的把日子過下去。每天看著過往船隻搖櫓揚帆來去，看落日同水鳥。雖然也有人事上的得失，到恩怨糾結成一團時，就陸續發生慶賀或仇殺。然而從整體來說，這些人生活卻彷彿同「自然」已相融合，很從容的各在那裡盡其性命之理，與其

他無生命物質一樣，惟在日月升降寒暑交替中放射、分解。[2]

　　這些與自然和諧相處的湘西人，在沈從文眼中，比世界上的哲人更懂得人的渺小與性命之理，但相對於支配自然、改變歷史並創造歷史的另一群人，這些人卻無法在歷史上留下任何痕跡。更不幸的是，這群彷彿居住在世外桃源，儘管「不知有漢、無論魏晉」，卻無法讓湘西自外於整個中國的現代化進程。

　　當你需要針對引文進行討論與闡述時，才需要用獨立引文的形式完整引用。因此，如同上面的例子，獨立引文的前面要有一個段落說明引文的脈絡，獨立引文的後面要有另外一個段落（此段落的開頭，理論上不應該空兩個字），針對上面的獨立引文進行討論。一般而言，你自己進行論述的總字數，不應該少於獨立引文的字數，否則不需要長篇引用他人的文字。

---

[2]　沈從文，《湘行散記》（台南市：金安出版社，1993），頁 81。

這個時候你不該用獨立引文，因為你不是鸚鵡

如同之前所述，獨立引文的前面要有一個段落說明引文的脈絡，獨立引文的後面要有另外一個段落，針對上面的獨立引文進行討論。獨立引文就如同漢堡肉，必須夾在上下兩片麵包之間，因此雖說是獨立引文，但其實引文沒有辦法獨立存在。依此規則，同學常犯的錯誤有三種：

一、獨立引文在一個段落的開頭，會讓人覺得莫名其妙為什麼突然出現這一段話，因此獨立引文的前面作者應該自己再寫一段作為引導、說明。獨立引文可以出現在開頭的例外狀況是在一篇論文的最前面。例如，我自己的論文〈航向蔡明亮的愛欲烏托邦：論《黑眼圈》及其他〉一開頭的標題下面加了兩段引文：

〔藝術〕不眞實，不是因爲不夠眞實，而是因爲太過眞實——赫伯特·馬庫司

詩爲改變的未來奠定地基，是一座引導我們跨越恐懼未曾到達之境的橋——奧德·洛德

接著才是正文開始。這兩段引文雖然沒頭沒尾（記得至少標示出是誰說的，而且加上註腳，讓讀者也可以找到），但放在論文的

最開頭有引起讀者好奇心的效果。當然你要選擇的是名言錦句，而不是出自你的私人日記。另外，你在寫完這篇論文之前，一定要在內文的某些地方扣回一開始的引文，不論是直接加以說明或者間接的暗示都行。你放名言錦句在論文的最前面，不能只是因為他們是名言錦句，而是他們跟你的論文內容具有有機的連結。這個有機的連結必須由你去建立，而不能讓讀者自己去猜。讀者讀的是論文，不是在玩猜謎遊戲。

　　二、獨立引文作為段落的結束，後面沒有任何說明。有時候同學徵引了一段理論性的文字，譬如說拉岡的理論，接下去的段落並沒有針對這段文字進行闡述或說明，就直接轉到自己想討論的議題。所造成的狀況可以分成兩個層面：第一是拉岡的理論本身本來就十分艱澀，你不加以說明，讀者看了拉岡的原文往往不知道他在講什麼；第二是理論本身就有一些曖昧性和歧義性，你有責任說明你如何理解這一段理論性文字，以及你要如何將之扣連到你自己的研究。你不能假設所有的讀者都能或都必須讀懂拉岡的理論——沒有一個理論家偉大到世界上所有的人都非懂不可，而且你不應該輕易就卸下作為一個詮釋者的責任。

　　三、用獨立引文取代你自己的意見。如果另外一個人的意見你正好也同意，你也不應該直接引用、直接照抄他的話，可以用轉述式加以引用，而且應該簡潔、清晰地帶過即可。這是你的論文，重點是你與眾不同的角度與意見；後者才是應該要極力鋪陳與占有最多篇幅的。記得，你不是鸚鵡，不要重複他人的話。

小心剽竊

　　隨著網路科技的進步，剽竊與抄襲的現象如果不是越來越嚴重，至少是越來越容易。學生常犯的抄襲行為，不管是有意或者無意，大概都可以區分成內容與形式的抄襲兩種。

　　第一種是抄襲他人的想法，但是並沒有標示出處，以至於讀者誤以為這是你自己個人的想法，這是屬於內容的抄襲。反過來說，只要不讓讀者誤以為這是你的個人想法，而是屬於他人的智慧財產，就沒有抄襲的問題，所以不是自己的想法就要標示出處，這也是註釋或者引用文獻的主要用途。

　　第二種是抄襲別人的語句，屬於形式的抄襲。有時候抄襲的內容本身並不是著作者個人的獨特想法，而是對現實情境的描述，譬如說在維基百科上對澎湖的說明：「位於台灣海峽上，是中華民國台灣省的離島縣，人口有超過六成定居於縣治及最大城市馬公市。澎湖縣以澎湖水道與台灣本島之雲嘉地區相互遙望。」雖然這一段話是事實的描述，而且不屬於任一特定作者的想法，似乎也沒有所謂的著作權的問題，可是一旦你完全引用其文字而沒有標示出處，同樣也構成了抄襲，此為文字形式的抄襲。

　　如果你想要在你的論文中引用其他人的想法，建議不要一字不漏地挪用原作者的文字，而是自己消化過後，再用自己的話寫出來。畢竟別人的行文風格不見得跟自己的相同，硬要放在自己

的論文當中，難免會有書寫風格不統一的問題。如果非得要引用別人的文字，除了在註釋的地方標示出處，也記得在引用的正文當中加上引號，標示此段文字是別人的行文，而非屬於自己的。所謂的著作權不只包含著作的內容（作者所要傳遞的想法），也包含作者本身的行文方式（傳達內容的形式）。只引用內容要標示出處，而如果連同行文／文字形式都要引用，則除了出處外，還要在引用文字前後加上引號——沒做到以上兩者都算抄襲。

　　但要引用他人文字，即使加上引號的，引個一段、兩段也已經是極限了，沒有人引整頁或更多頁的——論文重要的是你個人的意見，而不是他人意見的重述。

　　抄襲是學術界的大忌，嚴重者可能被撤銷論文或者學位資格，所以能夠加註釋的就加註釋，小心駛得萬年船。如此既可以避免抄襲的疑慮，也可以讓想要更進一步了解內容的讀者可以按圖索驥。

第三部
—————
論文結構概述

標題就像給狗取一個好名字

　　下標題也是一門學問。標題的主要目的是給予讀者閱讀前的預期，故不宜過度模糊和太具文學性，也不宜太長。一般標題的構成以「主標加副標」的形式表現，不需再加上副標後的副副標。標題一定要告訴讀者的重要資訊，包括研究客體與切入角度，要確保標題像交通號誌般一目了然。例如：「侯孝賢的末世圖像與時間意識：從《尼羅河女兒》、《南國再見，南國》到《千禧曼波》和〈青春夢〉」。從副標題清楚了解，此文章的研究客體是侯孝賢的四部電影，而欲使用的切入角度或主要概念為「末世圖像與時間意識」，以標題而言，這樣的詳細程度就已足夠，至於「末世圖像與時間意識」為何，則可待讀者慢慢從內文中去理解，不必一定要在標題中將一切都交代完整，以至於題目過於冗長。

　　同樣的，內文中的次標題（即小節標題）層次亦不宜太多，依照下標的原則即可。另外，次標題之下不要再有次次標題，過多層次的標題會割裂文氣，也會損害段落的連結性。如一篇論文或專書之一章，採以下的標題與次標題即可：

女性化主義與男性氣質的多重面向：台灣鄉土小說中的
慾望經濟學

一、前言：後殖民理論與男性研究

二、女性「化」主義

三、壓迫的交織性：性別、階級與殖民

四、男性氣質的多重面向：挫敗、暴力與創傷

五、小結：去殖民與重塑男性氣質

　　千萬不要誤以為有標題就不用在意段落與段落之間的連結，以至於論文變成條列式的流水帳。不過，這種次標題或次次標題在寫作大綱時卻相當好用，方便寫作者釐清每個章節的內容，但要記得最後將之刪除。

◆ 摘要要怎麼寫？

　　論文的摘要就像一篇小小的微型論文，所以應該跟正式論文一樣，包含學術脈絡的說明、研究問題與切入點，以及研究成果摘要（即論文的主要論點）。以下是筆者的〈資本主義全球化下的台灣社會顯微──重讀王禎和《玫瑰玫瑰我愛你》〉論文摘要：

不同於新批評、喜劇與後殖民理論的研究視角，本文以資本主義的全球化為詮釋框架，將《玫瑰玫瑰我愛你》中美國大兵與台灣妓女的關係，放置於跨國性旅行與地方色情產業升級的脈絡下來理解。本文首先釐清（新）殖民主義與資本主義全球化之間的差異，並認為小說中董斯文以企業經營的手法，將妓女訓練成吧女，以新觀念活化舊產業，表現了資本主義以錢滾錢的精神。同時，董斯文並非好吃好色，反而有著禁慾主義的精神；肉體慾望的滿足不是他所追求的，發展企業規模才是他最終的關懷。《玫瑰》有如一部社會主義的寫實小說，描繪了資本主義理性計算的精神，傳統產業的現代化過程，以及生產關係中的剝削問題，其喜劇形式又使讀者在一笑之後反思你與我其實都是現實中那可笑的丑角。本文最後經由閱讀小說中的妓女，探討後殖民論述的盲

點與局限，並認爲二元對立的殖民與被殖民架構常常抹消主體的差異性，並簡化階級、性別、性傾向所構成的多重關係。

關鍵字：王禎和、後殖民主義、妓女、性旅行、資本主義全球化

論文的研究材料是王禎和的長篇小說《玫瑰玫瑰我愛你》；「新批評、喜劇與後殖民理論」是前人的研究視角，也就是學術脈絡。這篇論文「以資本主義的全球化爲詮釋框架」即是不同於前人的切入點。從「本文首先釐清」到「現實中那可笑的丑角」一大段都是論文論點摘要。最後的「本文最後經由閱讀小說中的妓女」到摘要結束，點出論文最重要的論點「二元對立的殖民與被殖民架構常常抹消主體的差異性」，也暗示論文的貢獻將是探討「階級、性別、性傾向所構成的多重關係」。

摘要必須將你研究的成果，也就是論點，簡單扼要地說出來。千萬不要在摘要裡留下一堆問句，讓讀者納悶你這篇論文到底要寫什麼。也盡量不要將本文裡面的段落摘取出來作爲摘要，不要那麼懶。當你寫完整篇論文之後，重新寫一篇摘要。完成摘要之後，大部分的期刊會要求你列出關鍵詞。選擇五到六個在摘要中會出現的名詞，作爲論文的關鍵詞即可。

至於英文摘要的問題，國內研討會比較少要求論文投稿者附英文摘要，但期刊的話，不論國內外，幾乎都會要求。中文摘要跟英文摘要不見得要一模一樣，所以能夠以英文寫作的作者，不要把英文摘要當成中文摘要的翻譯來寫：英文摘要跟中文摘要

是各自獨立的個體，而不是彼此的模仿。對於英文沒自信或英文寫作能力不足的作者，就不得不花錢在外面找翻譯社，但因為兩種語言的詞彙與構句方法必然有差異，所以直接把中文摘要一個字、一個字「忠實地」翻成英文，往往產生出十分拗口又不通順的英文摘要。這時會建議另外提供一個「簡明版」的中文摘要給翻譯社；在這個版本中，盡可能用簡單的字彙、構句，把論文的論點清楚說明即可，如此可以降低翻譯的困難度，翻譯後的英文摘要也會比較流暢，而不會像「翻譯」。

論文的導論與結論

　　論文中的導論與結論，各有其特定的組織方式。導論主要分爲六大部分，第一部分先建立背景知識，作爲論文作者與讀者之間共同的知識基礎，如本論文要討論的作者或作品的簡單介紹等。第二部分要賦與論文一個學術脈絡，也就是將論文放置於學術社群中，與其他先行研究進行對話，以準備進入下個階段的問題意識。所以此部分可說是簡要的文獻回顧，但重點是指出先行研究不足之處，包括相關的先行研究是否有謬誤，或是有需要補充、開展、加強的部分。文獻回顧決定了本論文接下來所要提出的，異於先行研究的方法與向度，以及研究的成果與貢獻。第三部分就是具體的問題意識，讓讀者了解論文所要解決的問題所在。至於第四部分的研究方法，可以在討論的地方簡單說明，而如果相對複雜，則可以在導論之後另闢一節說明，也可以在論述過程中再進一步釐清。換言之，研究方法的說明可以分散在幾個不同章節，由簡而繁，重點是要有層次感，不要只是前者的複述。在導論原則上都要簡單提及研究方法，以便讓讀者有所預期，知道此論文與先行研究不同的切入視角。第五部分，可以簡單提及本論文或研究的重要性，比較詳細的闡述可以放在結論。當然若研究議題的重要性是公認的也不需要多費脣舌。第六部分爲問題的答案，也就是論文的論點（thesis），既可以讓讀者有

所預期接下來論文的進展方向，也可以讓讀者更容易抓住論文的主要論點並加深記憶力。最後可說明論文的結構，也就是每一小節的重點論述。以上第一到第七部分不一定要依照這個順次，每個部分的繁簡也可自行調整。

　　結論的結構相對簡單，僅需把握幾個要點。首先，先以更清晰、流暢的方式，將答案／論點重述一遍，但文字要與導論處有所不同。其次，可以再強調論文的重要性與貢獻。結論已經是全文的結尾，表示你的研究已經完成而有一定的成果可分享，因此是最適合凸顯重要性和貢獻的地方。凸顯重要性有兩種呈現的方式：可以從不知道研究成果的損失，和知道研究成果的利益兩方面著手。最後，站在本研究成果的視野上，提示新的研究方向，但此部分也可以不寫。如果要寫的話，盡量不要使用負面的表述，像是「本研究仍未處理……」或「本研究未及處理……」等，因為有些自暴其短的感覺。不妨改為肯定的口吻，例如：「本論文處理了 ×× 與 ××，而同樣的研究方法亦可以在未來運用在……」。

論文主體的小節次序

　　數個段落前後連貫，試圖呈現一個更複雜的論證，便構成了論文的一個小節，而一般的學術論文的主體至少包含三個小節，亦即三個主要論證。三個論證中，何者排第一、何者第二、何者第三，三者的次序不是隨意的；三個主要論證的次序安排需保持連貫性及邏輯性。因此，次序的排列主要有兩個原則：一、時間順序，二、內在邏輯。時間順序的原則比較明確，譬如按照作品的年代次序討論，如筆者的〈悲慘世界中的喜劇視境：試論王童的台灣三部曲〉一文中，討論的「台灣三部曲」指的是《稻草人》（1987）、《香蕉天堂》（1989）與《無言的山丘》（1992），因此論文主題的三個小節就按照這三部電影出品的順序安排，如：

　　一、導論：從悲情城市到鄉土喜劇
　　二、《稻草人》：偶然與巧合
　　三、《香蕉天堂》：寄生，或抵禦的技藝
　　四、《無言的山丘》：「洞」裡春光？
　　五、結論：喜劇世界與雙重視境

　　但所謂的內在邏輯就比較抽象，指的是後一個主要的論證必須建立在前一個論證的基礎上。比如說導論之後的第二小節，談的是研究方法，第三與第四小節的論證必須建立在第二小節的說明上。掌握內在邏輯就可以製造論文的層次感，就像蓋房子一樣，上面一層必須建立在下面一層的基礎上，最後整棟建築才能穩固。三個小節的次序安排，基本原則如下：由舊的論證觀念到新的、由短的到長的、由簡單的到複雜的、由沒爭議的到有爭議的。

　　整篇論文的結構，要如同棒球的壘包，從本壘、一壘、二壘到三壘，最後回到本壘，相比於出發時，對於研究議題有更深入的見解，這才是研究的意義。論文修正時必須「大處著眼、小處著手」，也就是說先調整結構，再修正段落，文句與修辭等留在最後。所以不要一次完成論文，不斷的修改再修改，是生產一篇好論文的必經歷程。

論證的要素：宣稱、理由、證據

　　論文自然要有論點，但論點不是心得感想。心得感想可以極度主觀，但論點必須要有論證（argument），也就是不管說的是什麼，都要有充分的理由與明確的證據。心得感想重在與旁人分享，建立情感連結，但提出特定論點，並且詳加論證，目的在說服他人接受你的說法；即使不能說服他人，至少也讓他人理解你如此想的理由。

　　論證的結構須包括：宣稱、理由、證據與論據。宣稱（claim）即是論文所表述的論點（必須要有可否證性），而理由支持這個宣稱，證據則支持理由。理由和宣稱之間以論據作為連結，環環相扣（見 75 頁）。論證其實在生活中無所不在，如我們應該快點回家（論點），因為快下雨了（理由），你看外頭烏雲密布（證據）。烏雲密布是快下雨了的證據，快下雨了是必須快點回家的理由，快點回家則是你要說服別人的論點。理由的提出，是為了向讀者說明為何要接受此論點／宣稱，而證據必須是對讀者而言具體可知、相對客觀的事實，不能說「我覺得會下雨」。論證中通常使用的是「證據的報告」而非「證據本身」；真實的天氣狀況如果是證據，則「外頭烏雲密布」這句話是證據的報告。以電影研究來說，證據是電影文本本身，「證據的報告」則是你經過挑選、整理、統合後所提出的，一般會比實際

的證據要更清晰有條理。若以《陽陽》（*Yang Yang*，鄭有傑：2009）爲例。我們提出的論點是，電影的主題是人的兩面性：人往往有表面陽光的一面，也有內心陰暗的一面。接著提出理由：因爲整部電影的情節開展首先讓我們看到角色的表面，再讓我們看到他們陰暗的另一面，讓後者顛覆我們對角色最初的認知。然後再舉出證據，提出哪些角色、哪些行爲表現了人的兩面性，如經紀人鳴人一開始似乎色瞇瞇盯著女主角陽陽，但後來卻比較像是哥哥的角色，與觀眾一開始的認知或預期相反。

　　就段落的結構而言，論證中的宣稱和理由，一般以段落的主題句（topic sentence）表現，放在一個段落的開頭或至少是前半部，接下來才提供證據的報告。最後收束自己的段落，可以再強化自己這一段的論點，並且過渡到下一段的論證。

什麼是一個段落？

　　單字構成句子，句子構成段落，每個段落就是一個小小的論證，分爲開頭、中間及結尾。開頭以簡短的篇幅引介議題（issue），並將論點直接明確地說清楚，一般稱之爲「主題句」（topic sentence），也就是陳述本段主要的論點。接著進入中間的論證過程，包含進一步說明理由並提出證據以支撐論點，也就是針對議題進行討論（discussion）。最後的收尾就是結語，並準備過渡到下一個新的段落。這樣的結構可稱爲「漢堡式」，或者「撒網捕魚式」。漢堡式指的是中間的生菜和肉是重點，但要用開頭、結尾兩片麵包，把段落的主要論證穩穩地夾住。撒網捕魚式一樣強調撒網，但將內容物（魚）捕入網內以後，要記得收束的重要，用強有力的結尾來承先啓後，適時在結尾再一次強調論點。

　　試看以下針對侯孝賢《風櫃來的人》（1990）進行論證的例子：

　　儘管澎湖不失牧歌氛圍，但絕非是烏托邦，因爲電影中的澎湖常常透露出破敗、落後、封閉的氛圍。透過小杏作爲一個外來參訪者的眼光，鏡頭呈現黃錦和的大嫂在地上切魚，而蒼蠅環繞著死魚飛舞的情境。除了暗示澎

湖的落後與不衛生，死魚似乎也象徵了澎湖人死寂的生命狀態——不論是頭部受傷而必須整天困坐在椅子上的父親，或是身為教師卻不受學生尊重的哥哥，在澎湖這塊封閉的島嶼，再充沛的生命力也只能一點一滴地被磨損耗盡。阿清在澎湖所能找到的工作，不過是在他姐夫的魚罐頭工廠當一個工人。製造罐頭外銷國外或台灣本島反映出澎湖邊緣的、附屬的經濟位階；當這份工作無法提供阿清任何升遷的機會與對未來的期盼時，封閉在罐頭中的魚不免將成為阿清生命的隱喻。因此，在自然美景的背後，破落的漁村處處傳遞出一種荒涼感；澎湖並非侯孝賢或其電影人物「想像的鄉愁」的寄託地，而是現代化過程中區域失衡的區塊。

段落開宗明義寫出論點，亦即《風櫃來的人》中的澎湖並非烏托邦，理由是除了風光明媚的一面，電影亦呈現「破敗、落後、封閉」的一面。證據則取自電影的情節，但經過選擇、整理、統合以及詮釋：蒼蠅環繞著死魚飛舞、頭部受傷而困坐在椅子上的父親、身為教師卻不受學生尊重的哥哥、阿清姐夫的魚罐頭工廠。段落最後再收尾，再次強調澎湖並非「想像的鄉愁」的寄託地，並進一步延伸論點——澎湖其實是現代化過程中一個區域失衡的區塊——為下一個段落的論證作準備。

　　理論上，一個段落只能呈現一個論點，若要陳述兩個論點，請分兩個段落處理。即使是一個段落處理一個論點，但也要注意段落不要太長。就 A4 的排版而言，一個段落建議 10 到 15

行之間，絕對不要超過 20 行。如果是橫排的學術專書，段落行數建議更短少，因爲同樣的字數在橫排狀況下行數會增加。字數太多很容易使一個段落橫跨兩頁，以至於所有的字都占滿了書的頁面，而完全沒有留白與呼吸的空間。

論證的要素：論據

　　論證結構中最後的「論據」（warrant）是論述的依據，銜接「宣稱」與「理由」，通常是屬於一般性原則的某種假設、前提或者理論，為作者與讀者所共同接受，因此在論證時可以不用特別提。一般性原則保證獨特的例子（也就是論證結果）可以被接受。在某些特定情況下，則必須陳述論據，如論據有爭議時；或前提不確定，造成論證結構的動搖，就必須穩固論據，再行論證。或者讀者不熟悉論據，則必須先行解釋，使讀者能在接受論據的同時接受宣稱。或者讀者抗拒宣稱時，也可以使用他們可能會接受的論據做開頭，誘導接受論證的結果。簡單來說，論據說明的是理由如何支持宣稱。舉例而言：

　　宣稱：施叔青於 1970 年代開始創作鄉土題材的作品。
　　理由：因為她的同儕也在進行鄉土題材的創作。
　　證據：當時作家涉及鄉土題材的作品有甲、乙、丙。
　　論據：創作者往往受同儕影響。

以上論據就是一般性原則（創作者往往受同儕影響），保證了獨特例子（施叔青的案例）的可信度。在閱讀他人論文時，分析其論證的結構，也有助於批判閱讀。如核能的爭議：

宣稱：人類應該使用核能
理由：因爲核能便宜
論據：人人都該支持便宜的能源
證據：每度電只要 1.3 塊（我瞎掰的）

就這個例子而言，我們可以針對理由與證據進行質問，比如數據計算是否包含外部成本（對環境的影響等）和處理費用等，以挑戰核電便宜的理由並反對宣稱。或者質疑論據「人人都該支持便宜的能源」，譬如安全難道不重要嗎？而此時就形成了所謂「競爭的論據」（competing warrants），即「支持安全永續的能源」才是人人應該支持的原則而非其他。以上的新論據也可能衍生出新的爭論，正反方可能都同意支持安全永續的能源，但「核電安全與否」可能就成爲論戰的焦點：

宣稱：核能是安全的
理由：因爲失事率很低
論據：人人都該支持安全永續的能源
證據：世界上發生事故的核電廠很少

或者

宣稱：核能是不安全的
理由：因爲失事率很高

論據：人人都該支持安全永續的能源
　　證據：世界上發生事故的核電廠不少

就上述例子而言，證據跟理由之間應該還存在另一個論據，亦即失事率高低到底該如何計算，如世界上目前總共有五個核電廠失事，而這風險到底算高或低？這又衍生更進一步的論證。

論證的要素：承認與回應

　　宣稱、理由、證據與論據環環相扣之外，有時還必須承認與回應其他歧異的看法。預設可能的質疑往往能凸顯論文的對話性，也能料敵機先，預先回應反對意見。面對歧異性的意見，當然可以選擇忽略不回應，然而卻可能會對論證的嚴謹度有所損傷，所以最好能夠加以回應。回應的方法亦有其策略性，可以先承認這個現象目前無法作答，待進一步的研究，並提示更好的解決方式；也可以間接地回應，例舉不同的切入視角可能導致的不同結論，在不否定對方論點的同時強化自己的立場與論點。

　　如果論證的是因果關係，就要考量所宣稱的原因與其他因素並存的情形，有時造成某結果的原因並非單一而是多重的，需要予以承認。比較嚴重的情況，則是論證有反例（counter example）存在，最容易招致質疑，所以要預先設想面對這些質疑的回應方法。像是《呂赫若日記》說〈鄰居〉這篇小說是在書寫日、台人應有的態度，似乎複製了當時日台親善的官方說法，但文本裡卻讓人感覺有反日的意圖。如果論者主張這是一篇反日的批判性小說，除了列舉文本中的證據外，也要對文本內容與作者自述彼此牴觸的情形，在論證時加以回應。例如，論者可說《呂赫若日記》雖是私人日記，但在日本殖民時期的言論審查下，作者也可能言不由衷，因此不足採信等等。不要等到論文審

查人提出質疑，再回來修改論文（你可能沒有修正的機會，因為直接就退稿了），而是要主動出擊，在第一時間就積極回應讀者／審查人可能的質疑。

　　論文不只是一種宣講，好似有一個人在講台上對著底下的群眾宣道；論文也是一種對話，雖然真正的觀眾沒有在你眼前提問，但你必須預設觀眾可能的質疑，在論文中納入可能的質疑並進行回應。總歸一句，像鴕鳥一樣把頭埋進沙裡並不會讓問題就此不見了。

論證清晰一定需要嗎？

　　並不是所有的社會都肯定論證的必要性；很多社會體系的運作並不需要論證，而是依循傳統習俗或慣例進行，或憑藉謊言、暴力、信仰和重複宣傳等不同的邏輯運作。在現代民主社會與學術社群中，論證的背後通常隱含對人類理想圖像的預設，分別是「以理服人」和「多元論點的並存」。論證所包含的宣稱、理由、證據、論據都肯定理性的價值，只有用「道理」而非脅迫、暴力、信仰才能影響、說服他人。與此同時，論證不必然表示此論點就是絕對的真理。在人文社會科學的研究中，有時只是自我立場的表述，試圖爭取最多數的讀者支持，或至少達成與不同立場與意見者的相互理解與溝通。因此，論文的生產與閱讀，背後預設了一個社會的民主體制：不同意見的雙方應該彼此尊重，只要各自能夠對自己的立場或觀點自圓其說。

　　更細膩地講，英美論文的書寫傳統，強調清晰、流暢和優雅，而本書提供的方法也以達到這樣的要求為目標。這樣的要求主要是期望論文可以達到兩大目的：有效溝通（包含與反對者溝通）和知識普及（也就是爭取最多數讀者的認同）。論文的書寫要能說服別人、讓人理解並接受，清晰、流暢和優雅自然是最佳的策略。有人認為只寫容易讀懂的文章算不上是特殊能力，但我個人認為能寫出深入淺出的文章需要極高的書寫技藝。

　　然而，清晰、流暢和優雅就是評斷論文好壞的唯一標準嗎？答案卻是否定的。為了達到不同的目的，論文會採取不同的修辭方式。某些論文更熱衷於反其道而行，如女性主義或性別研究的領域裡，就有研究者認為，清晰、流暢和優雅是男性邏輯思考下的產物，而（男性）理性思考的模式，事實上已抹滅了女性特質。因此，這類強調跳脫男性中心的論文寫作，追求的反而是詩性與感性，也採用更個人化的風格寫作，並強調「我」的存在。因其認為客觀、中立、非個人化，可能複製了傳統的男性中心思維。另外，馬克思主義批評有時也否定清晰、流暢和優雅的論述主張，認為此主張生產出的論文，成為容易消化吸收的文化商品。讀者過目即忘或只是吸收書本上瑣碎的知識，而無法形成個人對社會的批判與反思。在他們的主張下，真正好的論文要有一定的難度，也能夠「陌異化」我們既定的思維模式，真正以不同的角度批判既有的體制。讀者閱讀的目的因此不在全盤理解、吸收他人的論點，閱讀的挫折才能刺激讀者思考並產生原創性的想法，而這也才是學術論文存在的目的。

　　再者，有種論文是游移在知識的邊界，故無法達到清晰、流暢和優雅的標準。一般清晰、流暢和優雅的論文，必須是在已知的知識體系中論述才能辦到，而這些探索未知可能的論文，在已知和未知間徘徊，因此充滿不確定性與曖昧性。若秉持著論文乃為了創造新知而存在，便不應該以清晰的標準全盤否定艱澀的論文。然而某些明明能夠說清楚、講明白，卻又故作高深的論文，自然就另當別論了。

第四部
——
學術這一行

◆ 何謂學術研究？

　　「何謂研究」的討論包括一連串的內容，包括研究的進程、研究的意義和研究會面臨到的問題。當開始著手進行研究時，依循著下列方法，可以比較有效地進入研究的狀態中。

一、選擇特定主題

　　進行研究之前當然要先對特定領域有一定的知識，如台灣文學、社會學理論等等，因此上課或閱讀就是做好準備工作。然後研究主題的選定要從自己的興趣出發。研究有熱情支撐，才足以面對隨之而來的挫折與困難，所以興趣是選擇研究主題的第一要件。確定有興趣的主題後，進一步要限縮範圍。如果你所選擇的主題用很簡要的單詞或很少的字數就可以說明完成，如「生命的意義是什麼」，則這樣的主題選定就太過大而無當。一般合宜的主題範圍，必須特定到個人能力所能處理的規模，大約需使用一個句子來描述且務必精確，如「王童的台灣三部曲如何呈現喜劇精神」。以上當然只是參考用的標準，因應期末報告、研究論文、碩士論文、博士論文的不同類型，研究主題也必須依次擴大範圍。如「1980 年代台灣都市文學的表現特性」，可以作為碩、博士論文的研究範圍，但可能就比較不適合單篇的研究論文，而

對於期末報告而言範圍太大。

　　如何在半年內完成一本碩士論文？切記題目與學生的興趣相符合，或者學生本身對該題目有相關的知識背景。此外，相關研究資料容易取得、相關研究資料容易理解、研究方法可以掌握，最後盡量縮小題目的範圍。

二、了解特定主題並提出問題

　　選定主題後，就可以進行對此主題的全盤分析。從人、事、時、地、物五個大方向的基本背景資料的爬梳開始，確切理解研究主題，如「1980 年代台灣都市文學的表現特性」，必須了解有哪些作家（也就是人）、當時的社會背景（重要事件）、在什麼時間發生（1980 年代以及這個時間點的特性）、主要的創作設定地點（在這個案例當中主要是台北）、有哪些重要的作品（物）。接下來可以追問為何（why）與如何（how）的問題，也就是去思考導致某現象或問題的原因（當時 1980 年代都市文學產生的原因），以及生成所歷經的過程（1980 年代都市文學產生的過程）。在了解這些相關知識背景之後，試著尋找問題，也就是所謂的問題意識。如何尋找問題？批判地閱讀先行研究（也就是文獻回顧），找出其錯誤或者不足之處；先行研究的不足之處，也可能會在論文結論中有所陳述。

三、研究重要性

　　研究雖起自興趣，但不可只停留在興趣；論文所關心的問題意識，不可以只單純是自己想知道的問題，而是要嘗試去說服讀者，這個研究對他或她而言有同等的重要性。如果你的研究重要性是容易回答，甚至是不需回答的，比方說像「地球的溫室效應是如何形成的」這樣的問題，因問題有公認的重要意義，容易回答也表示你和讀者有共識，書寫起來會方便得多；但若研究的重要性是難以回答的，也並非代表這個問題不值得去探究，只可能顯示這個議題對其他學術社群而言不那麼熟悉，如此則要試著將其扣連更大的議題，比如討論奇幻文學，要說服讀者此類型文學有討論的價值，或許可以將之與大眾文學全球化現象作連結，就是將單一個案作為一個重要議題的一個例子來處理。當然，扣連更大的議題，可以有效提升研究重要性，但扣的帽子越大，危險性也越高。思考重要性的簡單方法是不斷自問：「那又如何？」（so what？）並試著去回答；回答可以從「不知道」可能會付出的代價，或「知道了之後」的好處兩方面去作答。

四、找尋答案

　　研究的過程中，必須為所找出的問題先假設一個答案，再利用各種研究方法，包括文本或現場田野調查等等證據，去驗證這個答案。這個過程就是在做研究，而學術研究的目的在於填補不

完備的知識，補足本來所不了解的部分。

　　以上的過程可以統整成以下的句子：我研究某某主題，因為我想回答某某問題；此問題的答案是如此，對其他人的重要性是如此。

如何選對或者選錯指導教授

　　選系或者選校？可能是很多學生在進大學時面對的兩難。當然你考上的系正好是你喜歡的學校，就沒有任何問題，但那是理想狀況。同樣的，你要選擇指導教授，是要選專業領域還是選人？有時候也是魚與熊掌不可兼得的兩難。

　　相同專業領域的指導教授，理論上最能夠指導你的論文。但選擇跟你頻率相同的指導教授也是很重要的考量。也就是說，這個教授在做人做事的方法、對待學生的態度上，你本身是可以接受、可以跟他一起工作的。或許在科學的領域上，隔行如隔山，你只能選擇專精該領域的教授當你的指導教授，但至少在人文社會學科的領域裡，跨界並沒有那麼困難。例如：研究戰前台灣文學的未必不能指導戰後台灣文學的研究生；研究文學的教授也未必不能指導以電影為研究主題的研究生。所以要選擇專業領域接近或者人格特質，跟世界上任何事情一樣都沒有定論，但個人覺得人格特質占 70%，專業領域占 30%。

　　研究生在判斷個別老師的「頻率」跟自己的是否有落差時，除了從上課中觀察，也可以去讀讀這位老師的著作，而且不要只讀一篇。從不同老師的著作中，不只可以讀出各自的專業領域，還可以讀出各自的研究傾向，例如：如何運用文獻材料、如何吸收消化前人的理論，甚至如何看待自己的學術定位，研究是否踏

實等等。如果行有餘力，可以去瀏覽一下這位老師指導過的學位論文，以了解未來可能成為同門師兄、師姊的畢業論文傾向於如何進行研究，也可以推敲出師生關係的一些線索，比如有的老師傾向替學生指定研究題目，有的老師則願意讓學生自行選擇。

有的教授會要求指導學生每個月碰面一次，檢視學生的論文進度，但有的指導教授根本放牛吃草，你不主動找指導教授，指導教授幾乎無視你的存在。但究竟是緊迫盯人的指導教授，或者是放牛吃草的指導教授比較好，客觀來說，當然是前者比較認真負責，但研究生與指導教授的關係是非常私人的。放牛吃草的指導教授多半會給學生比較大的空間去發揮自己的興趣，也比較適合不想被管那麼多的研究生。當然，如果你覺得自己的自制力不足，寫論文三天打魚兩天曬網，而且一停頓可能就十天半個月，那麼你也可以考慮反其道而行，選一個緊迫盯人的指導教授。當然，緊迫盯人的指導教授也可能造成你過多的壓力，而過多的壓力可能不是助力，反而造成你論文寫作的阻礙。

每次有學生問我可不可以擔任他的指導教授，我都有一種要被求婚的錯覺，但我好像不能說「不」。確實，選指導教授跟選另一半一樣，重點不是你有多愛，而是你能不能夠跟他生活在一起。另外一個跟選伴侶一樣的情況是，你一旦做了選擇，就不能隨便更換指導教授。這可能比結了婚之後要跟另一半離婚還困難。離婚了你還可以找另外一個人再嫁或娶，但你要跟你的指導教授分手，通常沒有另外一個指導教授敢接手。所以如果想畢業，選指導教授比選另一半還要更加慎重考慮。記得多修系上各個老師的課，多了解他們的人格特質，多跟學長、同學打聽打聽。

指導教授對學生要求的高低，當然也必須考量，這不用我教你了吧？

如何製作 PPT 簡報

　　PPT 簡報的製作，以簡單扼要為原則。在配色上注意底色與字體顏色的搭配，試著用對比色，讓即使是坐在後方的觀眾也可以清楚看見。有人推薦以深藍色為底，黃色作為字體的顏色；這樣的配色確實十分醒目，可以有效刺激讀者的視覺。不過大缺點是畫面太過單調，看久了有些視覺麻痺。所以還是建議 PPT 的簡報製作加上一些圖案跟文飾，但千萬不能過度，而讓要傳達的文字訊息成為配角。訊息傳達才是第一要務，你不是在參加 PPT 設計大賽。

　　每一頁 PPT 的簡報把握「三點式原則」：英文分三點到四點，每點不超過四個字；中文一樣三到四點，每點不超過十二個字。有的在 PPT 上面寫滿了密密麻麻的字，這是完全錯誤的呈現方法。因為簡報上的字不多，所以字體大小不要小於 32；如果每頁報告約 2 分鐘，則 PPT 的簡報不要多於十頁，以便整個報告在 15-20 分鐘內可以結束。有時圖像、圖表的輔助亦有畫龍點睛之效，但不要將圖片與文字混合呈現而造成視覺上的混亂。兩者應區分清楚，維持畫面簡潔。譬如筆者在一篇論文中提到：

　　經濟學家李維特（Steven Levitt）研究美國黑幫的販毒模式，認為與麥當勞販賣漢堡有許多異曲同工之處；他

認為：「一顆蘋果，用經濟學的剖刀切開，裡頭竟然是橘子」。[1] 同樣的，《玫瑰》一書中的妓院經營根本是真實世界企業經營的翻版，而王禎和的喜劇，用批評家的剖刀劃開，裡頭竟是「社會主義寫實小說」，不只批判、剖析了資本主義，嘲諷了身在其中的每一個人，也試圖揭露或建構出社會關係的總體性。

除了在口頭上敘述這些文字外，筆者還加上《蘋果橘子經濟學》的封面（一個半切開的蘋果裡頭是橘子），以加深觀眾的印象。

一份完整的 PPT 論文簡報包括以下幾個部分。第一頁的資訊要包含論文題目、報告者的所屬單位、職稱和名字。接著「導論」的部分，呈現本篇論文的學術脈絡，強調問題意識，並給予報告的講授大綱，並且事先預告結論，將論點簡短而具體地表述。再接著是報告的「主體」。依照前面三點式的原則，談論三到四個論點即可。從一個論點轉移到另外一個論點時，要有所謂的「過片」，提醒觀眾已經講到哪裡、重點為何，接下來要談什麼。「結論」部分則要將論點再簡短重述一次，強化聽眾的印象。有時間可再談談遺留的問題與研究展望，但也不一定必要（通常沒時間了）。報告絕對要避免太多的訊息或超過時間而不結束，兩者都會大幅降低聽眾聆聽的意願。

---

[1] 李維特、杜伯納著，李明譯，《蘋果橘子經濟學》（台北：大塊文化，2006）。以上引文引自中文版的封面。

口頭報告不是光靠嘴巴

在進行口頭報告之前，請先提早到場準備，確認現場設備與檔案狀況，避免到時候手忙腳亂。上場前若能伸展身體，稍作發聲練習更好。有份研究（不確定是不是英國的）指出，身體姿勢與自信心的展現很有關係。舒展四肢可以提升自己的信心，但彎腰駝背則讓我們在報告時心生膽怯。所以，在報告之前盡可能不要蜷曲在位子上；站著不論如何還是比坐著好，並且在站著的時候盡量抬頭挺胸，放大自己的身軀。最好的狀況是可以找一個沒人的地方，做做伸展操，舒展自己的身體，同時做一些發聲練習，喚醒自己的聲帶。尤其你如果是早上第一場的報告者，除了以上的必備工作之外，記得喝水潤喉。

接下來進行報告。報告流程主要分為三步。首先，簡短問好（別太長以至於耽誤報告時間）並介紹題目（若主持人已介紹或已顯示在簡報上也可省略）。其次，開門見山進入報告的內容，不要說太多枝枝節節的話。口頭報告完成時，別忘記向聽眾致謝，謝謝大家的聆聽並歡迎批評與指教。

報告的方式有念稿、不念稿和混合式三種。念稿的優點是可詳盡準備並精準控制時間，但會較為沉悶；念稿時不宜太快，不要因為貪心而塞入過多資訊，而是將重點有條理、清楚地表達。不念稿則較為生動活潑，也可以跟觀眾產生眼神交流（照相

也比較好看）。不念稿需要更多事先的練習，才能在臨場時完美發揮。以上兩種當然可以混合使用：有些重要的段落用念的，有些直接口述並與觀眾進行眼神接觸。不管哪一種，注意時間的掌握與節奏的拿捏。講話不要忽快忽慢，或者報告時間快結束了才在趕火車。最重要的是，務必在規定的時間之內結束報告。該結束而繼續報告不只會拖延到其他報告者的時間，也會影響整個會議的流程，是非常不專業的行為，絕對要盡力避免。另外的小提醒：盡量減少報告過程中的口語廢字，所謂的「verbal junk」，如「然後」、「嗯」、「所以」等等。

　　除了時間之外，口頭報告時空間的掌握也同樣重要。第一個是視覺空間的掌握，確保眼神接觸在場的每個人，可以避免自己越講越快，感覺像在背稿或自言自語。第二個是物理空間也要有所變化。適時改變自己的位置（如果可以的話），讓報告更為活潑，但不要高頻率地來回走動，那會容易使人焦慮。第三個則是個人空間，也就是肢體。肢體語言的運用是輔助口語的利器；在報告的過程中，講到重點的時候，可加上一些強調的手勢。當然，手勢也不能太多，你不是樂團指揮；更要避免抓頭、摳鼻子、手臂交叉、脫鞋子搓腳等等不雅的動作。

　　最根本的，報告者要展現出對自己研究的熱情，才能夠透過口頭報告，感染在現場的觀眾並維持熱絡的氣氛。

問題與討論的時間到了

不管是專題演講結束或者是在會議中論文口頭報告結束，按照慣例都會有問題與討論的時間。問題與討論考驗著講者的臨場反應，但也提供講者再一次釐清論點與展現知識、口才的機會，也可以趁機收集聽眾的回饋（feedbacks）。如果能預想會被問到的問題（可以自己想或向同事、同學請益），就能事先準備答案。別人問問題時心裡也會有個底；沒人發問的時候也可以自問自答。回答問題前，先確認問題的種類和提問者的意圖。以下是幾種常見的問題型態和不同的回應方法：

一、輔助型的問題

提問者發球給你，是最佳的問題型態。講者可利用此類問題再一次釐清論點或者進行補充說明。如果你真的很在意你在問題與討論時的表現，也可以考慮設個暗椿；先安排個熟人提出你設定好的問題，幫助你再次闡述論文的論點。不過事先套好招的做法，一般也叫做「打假球」。

二、挑戰型

　　提問者故意來找碴的。這個時候講者必須保持冷靜、禮貌、回答不卑不亢，不需要過度防禦，或者在回答不出來的時候拚命道歉。你可以指出對方的不同預設（assumption），以「不否定對方」的方式再次強化自己的觀點。例如：「你的出發點與我有些差異，所以我還是認為……」。

三、自戀型

　　通常提問者只是想要發表自己的觀點，並無問問題的打算。對此不用特別回應，以四兩撥千斤的方式道謝後不予理會。

四、聽不懂或模糊的問題

　　你如果有把握回答任何問題，則可以請對方釐清他的問題，或者以自己的話重述對方的問題以再次確認。沒有把握的話，可以根據自己的理解嘗試回答；最後向對方禮貌性致歉，說自己不確定有沒有回答到對方的問題。

五、不會回答的問題

　　雖然說誠實為上，但好歹也回答一下，不要直接說「不知

道」。你可以稱讚提問人的問題，並就目前可回答的部分加以回應。例：「本研究尚未深入你所言及的部分，但就某方面而言，我認為……」。

六、不相干的問題或脫離主題的提問

不用回答，但可邀請對方於會後討論，例如：「這個問題比較不是我這篇論文的重點，我們可以在會後進一步討論」。你當然也可以把這個回應當作場面話，在會後也不見得一定要去找他討論——如果你覺得他的問題根本不值得一談。

七、太複雜的問題

選擇能夠回答的部分回答。既然問題很複雜，也沒有任何聽眾會期待你在短短的一、兩分鐘之內完整地回答問題，所以你也不要花太多時間長篇大論。記得，如果那是個發表會議論文的場次，你還有其他一起報告的夥伴，千萬不要一個人獨占鰲頭、滔滔不絕。這是對你的夥伴的基本禮貌。

回答問題的基本原則，先從提供答案開始，再補上理由與證據，再次強調自己的論點，並趁機展現知識與口才。如果問題觸及自己其他的論文，也不妨替自己其他的作品打一下廣告。理想狀況下，要回答給所有的聽眾聽，而非僅只是提問人。因此，回答時一樣要掃視全場，與場內觀眾維持眼神的接觸，不能只關注

提問人。善用答題技巧，按問題類型選擇「長的回答」、「短的回答」或「不回答的回答」，才能在問題與討論時流利對答而無往不利。跟口頭報告一樣，回答完每一個問題後，向提問的人致謝並微笑示意。

　　以上問題與討論的回應方式，是假設如哈伯瑪斯（Jürgen Habermas）所說的「公共空間」（public sphere）之中，以每個人都平等理性為預設前提，然而政治因素也必須考量。重要的對象（重量級的教授、系所主管、長官等）的發問必須慎重對待，記得表示傾聽、受教和關注。良好的回應態度是基本的禮貌，遇到惡意問題時也不要生氣，盡量以討論而非爭辯的方式來進行交流。當然，也要能夠接受批評，肯定對方的意見，並立刻將好的建議記錄下來。

自我的時間管理

　　不管是寫碩博士論文或者已經進入學界從事研究，學術研究的工作比較像是跑馬拉松而不是一百公尺衝刺。因此，建議養成規律寫論文的習慣（即使不是每天寫），維持書寫的手感，積少成多。要維持規律的寫作，第一個必須先決定「時辰」。有人偏好每日書寫一點，有人喜歡安排一段完整的時間一鼓作氣，端看個人習慣。早上或晚上也因人而異；有人是早起的鳥兒，有人是夜貓子。原則上選擇外界干擾比較少的時間。不然有時候靈感一來，卻因為外務而中斷，往往就接不回來了。第二要決定工作時間的長度。大多數的人沒辦法一坐下來就馬上寫作。寫作需要一點暖身的時間，接著才會進入到高峰期，一旦時間差不多了也要慢慢停止。有人的建議是寫作時，不要一次將想法寫完，留一些伏筆作為明日寫作的起點，以減少暖身所需要的時間。總而言之，每一個人要視自己的狀況，安排最好的寫作計畫表；唯一不變的原則是規律——讓自己常常處於寫作的狀態，不要間隔太久不寫；有時候你一旦擱筆，可能就會停個十天半個月而沒有任何的進度。

　　當思路打結、卡住時也不要過於勉強，可轉換工作狀態，如進行一點閱讀或去戶外走一走，可以活化思考。面對電腦螢幕，如真的無法進入寫作的狀態，也不要只是發呆。這個時候你可以改改論文的格式、修飾文句、補充參考書目等等，都是維持寫作

狀態的另一種選擇。

　　如要達成規律寫作的目的，建議設定每週、學期、每年度的時間表（schedule），依照短期目標與長期目標按表操課。例如，每一週先框定一些可以寫作的時間；在這些時間內，強迫自己坐在電腦前面寫作。準備每一學期的課程內容時，結合自己正在進行的研究。研究結合教學的好處是可以教學相長，至少不會讓教學妨礙了你的研究。如此一來，等到學期結束，你對研究的題材也有了一定的掌握，甚至已經完成了論文的草稿，再利用寒假或暑假這類比較長的時間進行論文的改寫。如果按照這個節奏，快的話每學期至少可以產出一篇論文；慢的話，至少一年也可以有一篇。如此累積個三、四年，就可以有出書的規劃了。

學者的身體健康守則

　　營養均衡是健康的第一步。在飲食上不外乎少鹽、少油、少糖，多吃蔬菜水果等等基本原則。自然也要避免暴飲暴食，尤其含糖飲料與甜食，是健康的殺手、肥胖的成因，能免則免。學者並非身體的勞動者，過量的食物容易造成身體的負擔。常常提醒自己吃清淡一點。身材變形要視為健康的警訊，而不要等閒視之。

　　羅蘭巴特曾經嘲諷詩人是不放假的，他無時無刻不是詩人，或至少無時無刻不以詩人自居。但學者真的是不放假的，就算人不在研究室，腦袋還是常常在思索。因此讓腦袋在固定時間放空有其必要性。有人建議慢跑、快走或者游泳等有氧運動；適度的休息可以刺激我們的思考，增加工作效率。有人則建議球類運動，如網球、乒乓球、羽毛球，既可運動流汗，又可讓腦袋休息。不過年紀大了要注意運動傷害，過猶不及。另外，打坐、冥想也有幫助；有人甚至認為會提升研究成效。

　　壓力的處理是研究者共同面臨的難題。當失眠、眼皮跳動、心悸、耳鳴、頭痛等壓力症候群來臨時，無條件先讓腦袋休息放空。運動是不錯的方式。某些研究認為激烈運動能促進新陳代謝，調節身體機能，而普通的有氧運動也有助於冷卻腦袋的急速運轉。改變認知模式也能處理壓力。過度追求名利和求好心切

都會造成壓力。要求自己凡事達到 75 分就好，不必過於完美。記得你的研究沒那麼了不起，更何況「一將功成萬骨枯」，凡事看開一點。活在當下、樂在研究，不要追求什麼傑出研究獎，而把自己累死。賺錢是拿來享受的，不是來付醫藥費的。

　　不要給自己太大的壓力，但同時相信壓力只代表某種緊繃狀態，不要認為壓力一定就會傷害身體。壓力與健康的關係是很微妙的。有些研究指出，只有當你認為壓力會傷害身體時，壓力才會真正傷害身體。要健康便要先改變認知。

　　教學、研究、行政和運動、家庭、娛樂均是人生的重要一環，不可偏廢。我們透過時間規劃，提升效率，致力於達成身體的健康與生活的平衡，而不是延長工作時間。學術生命不是十年、二十年，而是更久；不要因為事業而犧牲自己的健康。學術生產的高峰期約在 40 到 50 歲間，不要在這個高峰來臨前就提早患病。切記健康的身體才是學術成就的基礎。

你以為當學者沒有職業傷害？

　　學者跟其他的工作一樣都會有職業傷害，最常見的是眼睛的疾病、腰酸背痛，以及腸胃道的問題。

　　除了規律的運動，工作一段時間也要讓眼睛稍作休息。少用手機、平板電腦、少看電腦螢幕；有需要閱讀的資料印成紙張再閱讀，不要以為看螢幕比較環保而節省那一點點的紙張。眼睛天生不是設計來看電腦這類發光體的，尤其近距離。四十歲以上注意預防近視加深和老花，若非得使用電腦，也要在 40 至 50 分時設定鬧鐘或 app，強迫自己起身休息十分鐘。久坐容易傷身，尤其當工作時氧氣集中在腦部，身體便會呈現缺氧狀態，而適當的起身活動可以讓氧氣回流。最好每工作 15 分鐘就能起身一下，花個 30 秒伸伸懶腰，也對身體也有極大的幫助。此時能打幾個哈欠是有益身體的，代表身體意識到自身處在缺氧狀態，又重新啟動應該有的保護機制，再一次吸入足夠的氧氣。有人選擇在可以站著工作的桌子上打電腦，但久站不動一樣傷身體。冬天時，血液循環不好，坐著的時候更要注意足部的保暖；穿上襪子或者在腳邊放個電暖爐，以免因為血液不循環而身體缺氧。

　　久坐亦會使腸胃蠕動變慢，引起脹氣、便祕、消化不良等腸胃病，因此，經常而且規律的運動非常重要。另一個學者的職業病是腰痠背痛，甚至椎間盤突出。預防腰背痠痛，端正坐姿自然

是首要之務，姿勢正確才不會不斷創造症狀，否則一直治療症狀
（如按摩、復健、熱敷、貼藥膏等），都是治標不治本。此外，
鍛鍊腰背的肌肉也很重要。在此提供簡單的腰背肌肉的鍛煉方
法，在房間裡即可實行：手腳掌著地，肘膝離地，繞屋內匍匐爬
行，膝蓋盡量不要彎曲，簡稱為「狗爬式」，不用爬幾圈就會感
受到效果。

　　規律運動並常常起身活動，但切記不要因此有壓力。一樣把
握前面提及的認知原則，保持正向思考；永遠告訴自己：不運動
身體也會很好，但運動會讓身體更好。

投稿注意事項

　　投稿的稿件分為個人資訊和論文兩個文件。所有的個人資訊放在其中一個文件，而論文內文不得包含任何可推知作者是誰的線索。除不要寫上姓名、單位外，論文中如果提到自己的其他篇論文，也要使用第三人稱客觀地陳述。注意匿名的原則，否則可能會被直接退稿。論文的引用格式根據期刊的要求修改，切勿存有通過審核後再修改的投機心態，這是對期刊匿名審查者的基本尊重。匿名審查是為了避免因人廢言，或相反的狀況，不過現在google 大神的協助下，要真的匿名有時也不太容易。而且當論文立場挑戰某些成見、既定說法或學派之意見時，較容易受到退稿，這也是匿名審稿的一大弊病。

　　投稿以 email 或紙本型態寄送，國外的某些期刊會向投稿者要求審查費，或通過刊登後必須支付刊稿費；至於台灣國內的期刊通常不必支付任何費用。不論國內和國外的期刊，有時候會有特定的專題，譬如蔡明亮電影研究之類的，專題的徵稿不見得會比較容易刊出，端看該專題的熱門程度。換句話說，如果是比較冷門的專題，投稿者比較少，機會就比較大一些；相對的，投稿者眾，也就不容易通過審查。有一些國外的期刊會隨機發送一些邀稿信件（email），這些會跟你邀稿的（除非你是大咖），一般通常是「詐騙期刊」：很容易登上，但會跟你要一大筆刊稿

費。最後，投稿學術期刊，你也不用期待有稿費可拿，一般會收到當期的期刊，以及你自己論文的抽印本。

　　改寫碩博士論文也是年輕研究者會碰到的議題。若想將碩博士論文改寫成期刊論文，需符合期刊論文的格式，了解兩種論文之間的差異。一般而言，期刊論文的文獻回顧不需要那麼仔細，所以在改寫時必須進行刪減（或將其中一部分放在註釋）；也必須更簡單扼要地說明研究方法，而且問題意識也要更清楚。千萬不要把碩博士論文的其中一章直接投給期刊。另外，英美與台灣學界對待碩博士論文的態度不同：台灣學界比較有將碩博士論文當作專著出版的傾向，而英美學界只將其視作養成階段的習作，還不是真正的學術專書。但在台灣學界，碩、博士論文改寫成的專書，不能重複計算為擔任教職之後的學術成果，而在英美學界，研究者的第一本專書通常改寫自博士論文。

投稿審查流程

審稿機制分內、外審。內部初審有時由編輯委員會開會決定是否通過；有些編輯委員會不做決定，而是直接送雙外審，由兩名匿名審查者進行審核。在台灣，外審有等級制的慣例，也就是說只有等級高於或相等之學者可以審查你的論文。教授的論文只有教授能夠審查，不會送給副教授或助理教授；投稿者若爲研究生，則多由助理教授審核，也不太會送到教授手中。因爲雙外審的緣故，審查的結果會產生六種情形，如表格所示：

審查意見一	審查意見二	編委會決議
刊登	刊登	刊登
刊登	再審	修改後送回原審查人二
再審	再審	修改後送回原審人一、二
再審	不通過	退稿
不通過	不通過	退稿
刊登	不通過	送第三審

前兩欄表示兩位外審的審查意見，最右欄則爲編輯委員會的最後決議。通常只要有一個意見不通過，論文便難以採用；較爲

特殊的狀況是審查意見相左，則必須由第三審作最後的決定（但也有可能直接遭到期刊退稿）。通常就算兩者皆同意刊登，也必須依照審查意見或編輯委員會的建議進行修改。如果不是「刊登」，而是「修改後送回原審」或「送第三審」的狀況，則必須再送審，因此投稿到順利刊登的時間一般可能拖個半年到一年，在國外甚至兩到三年的狀況都有。如果你有在期限內刊登稿件的需求，或者有升等的壓力，記得跟同行打聽一下特定期刊約略的審稿時間。

回應審查意見時，禮貌是最基本的。表現出誠意，盡量修改你可以接受的建議；不加修改的部分，也必須謙虛地說明原因。預先想好如果被退稿接下來要投的刊物，但不可以一稿兩投。期刊種類繁多，投稿前須仔細了解該期刊特性，是不是與自己的論文走向相符。投稿也要在質與量之間平衡，方能維持一定品質和數量的發表。在人文社會的研究領域中，國外核心期刊以 A & HCI 和 SSCI 兩種為主，台灣則有相對的 THCI 和 TSSCI 兩類，網路上均有期刊名單列表可供參考。

◆ 出版前的校對

　　統一異體字如：雇／僱、占／佔、裡／裏、闆／板、臺／台（名字除外）等，雖然二者通用，但以上擇一後統一使用。

　　注意錯別字：「召」喚、收「穫」、漁「獲」、人謀不「臧」、反「倒」是、部「分」、一「份」工作、膨「脹」、必「須」、「需」要、供「需」、必「需」品、「霎」時、一「剎」那、考試「卷」、入場「券」、「羸」弱、手「指」、腳「趾」、寒「暄」（不是「喧」）、轉「捩」點（不是「淚」）、有「哽」（不是「梗」）、「博」得（不是「搏」）、「抑或」（不是「亦或」）……以上有些用電腦打字會自動出現正確的寫法，但仍然需要在校對時再注意一下。另外有些成語中的錯別字如：不能自「已」或無法自「已」（不是「自己」的「己」）、兵「荒」馬亂（不是「慌」）、「鎩」羽而歸（不是「鍛」）、忍「俊」不禁（不是「浚」）。之前建議論文中少用成語，這裡又有一個少用成語的理由：容易寫錯字。除了自己的文字外，也要注意援用自他人的引文是否也有錯字與異體字，可以一併改正、統一。建議從事研究、寫作的時候，就該把引文影印下來後統一裝訂，等到論文出版前再校對一次引文。

　　論文中使用數字時，可用兩個字表達的用國字，如：十二，必須用三個國字表達的用阿拉伯數字，如：98 或 125。年代通

常用阿拉伯數字，如：1989 年或公元 356 年，但數字可以用國字簡單表達的還是用國字，如：一億兩千萬。一億兩千萬寫成120,000,000 的話，沒辦法一下辨識是多少，故不建議。

外國人名與專有名詞原則上只有在第一次出現時夾注英文，再次出現即可省略，但如果是專書的話，我個人會選擇以下的做法：外國人名在全書第一次出現時夾注英文，專有名詞在每章第一次出現時夾注英文。當然，你有時會忘記外國人名或專有名詞是否是之前曾經出現過，這時可以用編輯軟體中「搜尋」的功能確認。

最後，本來正確的格式常常在排版之後變成錯的，如英文書目本該是斜體，但編輯排版完成後可能變成正體，所以在排版之後全書必須重新校對一到兩次。

怎麼樣算是重複出版？

在學術寫作之中，一個頗具爭議性的議題是所謂的「自我抄襲」。在嚴格的意義上來講，作者自己沒有辦法抄襲自己，因為抄襲自己並不構成違反「他人」的著作權。所以自我抄襲的問題，不如說是違反了重複出版的規定。一般而言，一篇學術論文不能同時投兩個以上的期刊，所謂的「一稿兩投」，因為兩份不同的期刊如果同時接受了這篇論文，那就會有重複出版的狀況，必須絕對避免。但是，雖然是同一篇論文，以不同語言出版，算不算重複出版或甚至自我抄襲，如自己的中文論文「抄襲」自己的英文論文？這個問題沒有絕對的標準答案。一方面，論文的內容相同，只是表述的語言不同，確實有一些自我抄襲和重複出版的疑慮，但另一方面，表述語言的不同也意味著閱讀群的差異；一篇英文論文基本上不可能跟中文論文完全一樣，所以有些學科對於以不同語言重複出版，並沒有嚴格禁止。如果是後者的情況，比較周全的做法，或許是告知稍後出版的期刊主編，說明此篇論文曾經以不同的語言發表過。當然，別人以中文發表的期刊論文，你把它用英文改寫後發表在英語期刊，這不叫重複發表，這就是抄襲。只要是引用他人論文，不管是什麼語言，出處該標示的就要標示清楚，不要偷雞不著蝕把米，因小失大。

　　在其他的狀況，重複出版不見得會有問題。例如在人文學的領域中，學術研討會的場合發表的論文，原則上不能算是正式出版，只能算是論文初稿或者英文裡頭所謂的「work in progress」，頂多是印在會議手冊當中，供與會人士參考。有些比較嚴謹的學者，還會在稿件上註明「初稿，請勿引用」或「Please don't cite」。因此，這類的會議論文不算正式出版，而學者通常也會參考會議裡，評論人或者是聽眾的意見，加以修改之後再投稿期刊。然而，如果在會議之後，主辦單位集結會議論文出版成專書（有 ISBN 國際標準書號），一般而言就算成正式出版。在這樣的情況下，雖然是會議論文，就不適合再投稿期刊。另外一種情況則是期刊論文與專書。期刊論文可以在修改之後，成為專書的一個章節，並不構成重複出版，但記得在專書附註的地方，標示該章節原本出刊的期刊。同樣的道理，如果一篇論文的部分文字，曾經在報章雜誌（紙本或網路）出現過，仍然可以在之後的學術論文或專書中重複使用，但原始出處應該標示清楚。

出版專書的注意事項

　　出書自然要先有書稿。我自己的經驗是一開始先寫論文發表，在發表了一些期刊論文之後，發覺具有發展成專書的可能性，才思考撰寫專書的計畫。一方面，已經發表的論文可以逐步改寫成專書的篇章，而專書尚且欠缺的部分，則再以期刊論文的形式撰寫，逐步補齊不足的內容。或許有的人在寫書之前已經有一個明確的組織與大概的內容，然後花幾年的時間，一鼓作氣把一本書完成。這樣做有一個好處跟一個缺點，好處是專書的系統性比較強，但壞處是寫一本專書曠日廢時，延誤升等的時間。反過來說，我的做法好處是可以用期刊論文先升等，不需要等完成一本專書之後才提升等。缺點是最後的專書會看起來有一點像論文集。按照科技部的規定，論文集不是學術專書，但專書確實可以立基在多篇期刊論文的基礎上，加上導論與結論，並且將各個章節修正過後形成首尾一致、具有系統性的專書。

　　至於到底為什麼要寫專書？第一，期刊論文散落各地，自然不如集結在一起，經過重整、修改、補強之後的專書有分量。至少人文領域的學者，還是希望會有專書作為自己的學術代表作，更別提法國著名的學者如傅科（Michel Foucault）、德希達（Jacques Derrida）、布西亞（Jean Baudrillard），哪一個不是專書著作等身？第二，期刊論文通常只有專家學者會讀，而專書

則面向一般的大眾。如果我們希望專書有更高的流通性，那意味著專書的寫作必須更通俗一些，比如在用字遣詞上更白話，也要減少學術術語的使用。同時記得不要寫太厚的專書，會影響銷售量；除了導論與結論，專書的主要章節只要五章即可，七章已經是極限。

　　完成書稿之後，就可以進入出版的流程。如果是台灣的國立大學出版社，如台大、清大和交大，自有一套投稿審查的機制。作者只要將書稿按照規定投稿即可，審查通過便可以出版。國立大學出版社所出的專書，不用管經費來源是其優點，流通性不高是其缺點。若考慮流通性，市面上的商業出版社是比較好的選擇。不過，眾所皆知，學術專書的銷售量有限，因此商業出版社通常不願意出版，除非你是該領域的大師或是你能自帶經費補助出版。科技部可以提供十萬塊的經費，但必須要事先申請，也是有通過才有補助（是補助出版社，不是給作者的，別搞錯了）。當然也可以詢問一下校內的研發處或人社中心是否有相關的經費可以資助專書出版。十萬塊出一本 400 到 500 頁的學術專書，應該算是蠻合理的價格，出版社基本上不會拒絕。

附錄一
寫作參考書目

以下書目按推薦次序排列：

1. Mortimer J. Adler and Charles Van Doren，《如何閱讀一本書》。台北市：台灣商務印書館，2016。
2. Umberto Eco，《如何撰寫畢業論文：給人文學科研究生的建議》。台北市：時報出版公司，2019。
3. Gerald Graff and Cathy Birkenstein，《全美最強教授的 17 堂論文寫作必修課》。台北市：EZ 叢書館，2018。
4. 吳鄭重，《研究研究論論文》。台北市：遠流出版公司，2016。
5. 畢恆達，《教授為什麼沒告訴我（2020 進化版）》。新北市：小畢空間出版社，2020。
6. 彭明輝，《研究生完全求生手冊：方法、秘訣、潛規則》。台北市：聯經出版公司，2017。
7. 戶田山和久，《論文教室：從課堂報告到畢業論文》。台北市：游擊文化，2019。
8. 張芳全，《論文就是要這樣寫（第五版）》。新北市：心理出版社，2021。

9. 上野千鶴子，《如何做好研究論文？成為知識生產者，從提問到輸出的 18 個步驟》。台北市：三采文化，2021。

10. 蔡柏盈，《從字句到結構：學術論文寫作指引》。台北市：國立台灣大學出版中心，2015。

11. 胡子陵，胡志平，《不再是夢想！搞定論文題目、研究架構與寫作技巧》。台北市：五南圖書公司，2021。

12. 韓乾，《研究方法原理：論文寫作的邏輯思維》。台北市：五南圖書公司，2020。

13. 鈕文英，《論文夢田耕耘實務》。台北市：雙葉書廊，2019。

14. 葉至誠，葉立誠，《研究方法與論文寫作》。台北市：商鼎數位出版公司，2011。

15. 林慶彰，《學術論文寫作指引（文科適用）》。台北市：萬卷樓圖書公司，2011。

16. 周春塘，《撰寫論文的第一本書：一步步的教你如何寫，讓論文輕鬆過關》。台北市：五南圖書公司，2016。

17. 蔡清田，《畢業論文寫作的通關密碼》。台北市：高等教育出版社，2017。

18. 王貳瑞，《學術論文寫作》。台北市：台灣東華書局，2014。

19. 林淑馨，《寫論文，其實不難：學術新鮮人必讀本》。高雄市：巨流圖書公司，2018。

20. William Strunk JR. and E. B. White，《英文寫作聖經：史上最長銷、美國學生人手一本、常春藤英語學習經典風格的要

素》。新北市：野人文化公司，2018。

21. Joseph Williams，《英文寫作的魅力：十大經典準則，人人都能寫出清晰又優雅的文章》。台北市：經濟新潮社，2014。

附錄二
論文示例（期末小論文）

貞子與電視：淺談《七夜怪談》中的家庭、科技與性別政治
└──標題採用主標、冒號加副標

一、導言：貞子與電視

中田秀夫（Hideo Nakata）1998 年的《七夜怪談》
└──外國人名第一次出現時加上英文
（Ringu），改編自鈴木光司的小說，被譽爲是日本有史以來最

恐怖的電影，而其中的鬼怪貞子很快地便在萬魔殿中占有一席

之地。電影以一個在中學生之間的傳言開始：舉凡看過一卷詛咒

錄影帶的人，之後會接到一個怪聲電話，而觀看者會在七天內死

亡。記者淺川的外甥女智子似乎便是看了這卷錄影帶，之後便死

於心臟衰竭，並面露驚恐的詭異神色。淺川展開調查並意外取得

神秘錄影帶，但自己的兒子陽一卻在偶然之下看了錄影帶。爲了

解開謎底並解救自己的兒子，淺川與她的前夫高山龍司一同抽絲

剝繭、追尋眞相，終於知道原來錄影帶的製作者是山村貞子，戰

前超能力者山村志津子的女兒。

　　志津子因其超能力而被新聞媒體視爲異端，最後自殺身亡；

遺傳到超能力的貞子則由科學家伊熊平八郎收養，最後卻被推入

井裡，待了七天才死於極度痛苦中。貞子的憤恨因此化爲一卷神

秘錄影帶，讓所有觀看者在七日後暴斃。淺川最後終於找到那口

古井，挖掘出貞子的遺骸並將之安葬，相信如此一來便可以解除

詛咒。正當一切似乎結束時，淺川的前夫竟然在寓所暴斃，死狀

跟之前的死者一模一樣。淺川此時才恍然大悟，原來唯一可以避

免死亡的方法，是將錄影帶拷貝一份給其他人觀看，以此將詛咒

轉嫁給其他人。電影的最後，淺川爲了救自己的兒子，帶著複製

的錄影帶，開車前往自己父親的家中……————故事情節摘要

　　電影雖有暗示，但仍屬於開放式的結尾，令人在看完之後不

寒而慄。令人噩夢連連的鬼怪，都有圖像學（iconography）上

的特色，如開膛手傑克的面具與電鋸、吸血鬼的尖牙與斗蓬、科

學怪人的縫線與鉚釘。貞子除了白色的長袍與及膝的黑髮，就是

從電視螢幕裡緩慢爬出的經典畫面。電視雖然不屬於貞子身上的

配備，但卻是貞子存在的必要物件。除了電視，電影中尚有許多

科技產物，如錄影帶、攝影機、照片、報紙、電話等等，均是現

代人隨處可見的物件。《七夜怪談》因此不是一部傳統的恐怖電

影，而是深刻地探討了現代生活與科技與之間的曖昧關連。

　　　　　　└——導論最後點出切入角度，以便讀者有所預期。

二、家的「異」化

恐怖電影除了引起恐懼的情緒之外，必須含有不可思議的
元素；所謂的「不可思議」就是涉及超自然、非理性、不合科學
邏輯的現象。希區考克的《驚魂記》固然恐怖，但卻不是嚴格
定義下的恐怖電影，而貞子竟然在死後，寄存在錄影帶之中，再
以電視為通路，回到這個世界，則符合中文語境中「不可思議」
的意義。不可思議在心理分析的脈絡正是佛洛伊德（Sigmund
Freud）所謂的「unheimlich」；其中 heim 是「家」的意思，un
則是否定，因此不可思議就是「不像家」、「不是家」、「非家
的」空間。呼應此一說法，在恐怖電影的慣例中，鬼怪通常是存
在於家庭之外的空間。此類電影的開端通常是主角離家，來到一
　　　　　└──本段的論點句

個陌生、不像家的地方，接著在此地遇上妖魔鬼怪：有時是一群人前往某地旅行，但在途中遇上風雨，陰錯陽差地住進了鬼屋；有時是一群人出海釣魚，卻因暴風雨而迷失方向，誤上在海上漂流多年的鬼船。不論鬼屋或鬼船，故事接下來的情節落在這群人如何奮力離開這個不可思議、非家的地方──活著離開便可以活著回家。與傳統的恐怖片類似，《七夜怪談》的中鬼怪一開始也是存在於家之外：一群高中生外宿，因爲在旅館看到了那卷詛咒錄影帶，後來才接連在家中暴斃。

　　不過，佛洛伊德也認爲，原本的溫暖的「家」變成恐怖的「非家」，亦是一種「不可思議」（unheimlich）。如果家成了

└──本段論點句

鬼屋，其中的人便無處可逃。或許眞正恐怖的恐怖電影，是讓不可思議的現象就發生在家中，在你周圍的人，甚至就在你的心

裡，以至於逃無可逃、避無可避。《七夜怪談》中的鬼怪原本不屬於家，正如同錄影帶其實也不屬於家，但錄影帶（鬼怪）可以進入家戶空間，成爲家中的物品之一。同樣的，電視已經融入現在的家庭生活，宛如桌子、椅子一般成爲家具之一；電視作爲電子媒體，更連結了室內與室外、私人與公共，也使家不再是一個封閉、隔絕、安全的避風港。在客廳的電視上出現的人物，其實宛如家中的虛擬訪客，雖非家中的成員，但卻時常盤據著家庭空間。從電視中爬出來的貞子，或許不過暗示了電視本身才是外來的鬼怪，常駐家中並讓家成爲令人驚恐、不可思議的所在。

《七夜怪談》中另一個讓家不像家的因素，則是家庭成員之間的問題。陽一的父母離異，淺川則因爲工作，常常無法好好照
└── 本段論點句
顧陽一；志津子的自殺，亦可解釋爲拋棄貞子，將貞子留給伊熊

平八郎博士。陽一雖有父母但功能不彰，而貞子則可說是無父無母。其次，志津子的表兄弟，利用志津子的超能力賺錢，間接害死了志津子；淺川爲了救自己的兒子，竟然想把拷貝的錄影帶，給自己的父親觀看。當最親密的家人成爲傷害你最深的人時，家不是家而是恐怖的根源。如果思考電影中的人物關係，我們可以注意到上述兩個家庭的類似性。陽一的親生父親高山龍司是數學教授，貞子的養父伊熊平八郎則是科學家：兩人的工作都是試圖解答不可思議的謎團。志津子與龍司也都有超能力，並將超能力留給下一代。最重要的是，陽一與貞子都生在異常的「單親」家庭，感到孤獨與疏離：貞子早已被視作異類，而淺川因爲工作常常晚歸，留下陽一獨自看家。比起親生父母，陽一跟祖父更爲親密；當淺川、陽子與祖父三個人一同在河中戲水時，鏡頭刻意呈

現母親與陽一的距離。所謂「正氣存內，邪不可干」，陽一與貞

└──────── 證據與論述

子處在一種父不父、母不母，因此子不子、女不女的情境，或許

才是「家」變成「非家」的真正原因。

└──────── 本段小結，收束段落。

三、科技始終來自人性

《七夜怪談》刻意連結現代科技與人際疏離。例如，影片裡

頭貞子現身前的電話。電話本是溝通的工具，但在電影中卻是索

命的前兆；同樣的，淺川打給陽一的電話，大部分是告訴陽一，

她要晚一點回家或者不回家。不同於一般的印象，電話隱喻了斷

絕與破壞，而非用於建立人際關係。電影中的新聞媒體並非意在

傳播資訊、反映現實，而是把具有超能力的志津子異化或物化為

奇觀，呼應貞子死後自我異化或物化為一卷錄影帶。貞子受追求

奇觀的新聞媒體迫害而死，死後化身媒體報復觀看者，可說是以彼之道、還施彼身。電影中的相片也是一種現代的複製技術。被貞子的錄影帶下了詛咒的人，相片上的臉就會變得模糊不清。或許是因為此時一部分的你已經離開了這個世界，因此看起來模糊不清，但真正隱喻的或許是媒體的再現，已經是扭曲的影像，無法反映出這個世界的真實。

現代科技所創造出來的媒體是一種「中介」（medium），訊
　　　　　　　　　　　　　避免沒有必要的英文────┘
息透過媒體作為中介傳播。錄影帶錄下已經播放的電視節目，再經由借閱或拷貝的方式傳播，就如同淺川是名記者，透過報紙記錄傳播已經發生過的事件。但另一方面，錄影帶的複製與傳言的散播又互為隱喻。口耳相傳是流言傳播的方式，正如借來借去是錄影帶流通的方式，更別說不斷的複製拷貝，正是傳言與錄影帶

得以廣泛傳播與流通的要件。

　　貞子並非實體，而是錄影帶裡的虛擬存在，透過複製的方式永垂不朽。但如果有一個人不再拷貝，那麼貞子的存在不就終止了嗎？所謂謠言止於智者，智者不就是流言終結者？可是，愚昧的人傳八卦，沒完沒了，就跟錄影帶一樣，在不斷拷貝下，貞子有了越來越多的分身。龍司曾說：「生下陽一根本是個錯誤」；博士殺掉貞子，或許也是要讓血源終止。然而，貞子的生物性血源被終止，她卻透過「機械性的複製」（mechanical reproduction）不斷一分為二，只要複製越多，她的存在也就越難被終結。貞子的復仇正是「道高一尺、魔高一丈」的寫照，但科技終始於人性，人才是散播傳言與拷貝錄影帶的媒介，現代科技（報紙、影像、照片）其實只是凶器。

在一般的恐怖電影中，透過消滅或超度冤魂，鬼上身的人最後得到救贖。可是《七夜怪談》沒有救贖，只有詛咒，沒完沒了的詛咒。錄影帶拷貝送給別人就能解除自己的咒語，但是別人就因此受到詛咒，如同病毒的散播，感染源越來越多。沒有救贖、無法終止，一周爲期，永劫回歸，或許眞正的原因是貞子只是邪惡的隱喻，眞正邪惡的是人心。散播傳言的人是鬼，爲了自己（或自己的小孩）而犧牲別人的也是鬼。不管科技再怎麼變，只要人性不變，鬼就存在，而恐怖片反映的與其說是對未知力量的恐懼，不如說是對已知的人心的邪惡的警醒。

四、「恐怖」的性別政治

在一些好萊塢的恐怖電影中，受到懲罰的女性通常較具有行動力。她們或是做了什麼而鬼上身，或是因爲好奇而先喪命，

但若是事事躲在男人背後的女性，反倒可以逃過一劫、大難不死。從性別政治的視角思考《七夜怪談》，主角淺川也是主動的角色，但所受的懲罰不是自己喪命，而是親人（將）成為代罪羔羊，包含前夫龍司、兒子陽一以及自己的父親。這樣的設計似乎隱含了對職業婦女的敵意。故事中的關鍵是陽一為什麼看到那卷錄影帶？明明是睡在母親身邊，陽一為何半夜起身？當然，電影提供的理由是死去的表姊智子的召喚。但陽一與智子成為玩伴，是否暗示母親沒有好好陪伴孩子？陽一離開熟睡的母親身邊，看了詛咒的錄影帶，是否是暗指母親的疏忽？淺川身為新聞記者，似乎看重自己的工作勝過自己的孩子；不在家陪小孩的母親，最終受到最嚴厲的懲罰——喪夫與失子。

與許多現代工商業社會相同，日本社會並不排斥女性就

業，但投入職場通常只是日本女性邁向婚姻生活的過度階段。已

婚的女性可能被期待辭去工作，留在家中相夫教子，但也有爲數

不少的日本女性本身就是以婚姻與家庭作爲人生的志業。相較而

言，淺川不但外出工作，還與丈夫離異，非常不同於「賢妻」與

「良母」的理想形象，似乎也間接使得家庭分崩離析：身爲職業

婦女的媽媽淺川，彷彿永遠不在家；爸爸龍司因爲工作的性質

（研究數學），可以有很多時間待在家裡，但卻不與妻、子同

住。如果淺川不是職業婦女，如果她不跟先生離婚，如果她能全

心照顧孩子，也許陽一就不會看到致命的錄影帶，也不會讓龍司

成爲代罪羔羊，也不需要以祖父的命換兒子的命。最終到底是誰

讓家變得不像家？當然可以說是貞子，但也可以說是淺川。貞子

以念力詛咒殺人，淺川靠轉移詛咒殺人。如前所述，故事裡都是

異化的家庭：陽一的家庭父母離異，而且龍司似乎與自己的學生有曖昧；貞子「沒有」父親，母親志津子似乎與伊熊博士有染。所謂「正常」的家庭由父母與孩子組成，但是片中的家庭都不太正常，尤其是母親（或工作或外遇）都沒有扮演好照顧孩子的角色，甚至如淺川正是一手毀掉家的「兇手」。

五、小結：家庭、科技與性別政治

　　《七夜怪談》的觀眾不免會納悶，受詛咒的人一定非得不斷複製錄影帶送給別人嗎？把家裡電視丟掉不是一勞永逸？但沒有電視，還有相片、有電話、報紙上有圖像。如果受貞子詛咒的人無所遁逃，所暗示的或許是我們已經處在被科技包圍的時代，我們沒有辦法不依賴科技而活著。貞子從電視中的另一個世界，進入到你家客廳，反映的是科技已經讓家不再是一個私密、安全、

隔離的空間。家已經成爲不可思議的場所。另一方面，邪惡無關

科技。人性的邪惡存在一天，貞子的轉世循環就不會停息；寄存

在錄影帶中的貞子，接下來會活在光碟、活在網路、活在智慧型

手機、活在電子郵件的影音附檔。雖然貞子是我們每個人心中的

魔鬼，但人類社會似乎慣於指認一個邪惡的他者作爲罪魁禍首：

志津子、貞子、淺川……。紅顏禍「水」似乎不只適用中文的語

境，愛看海的志津子、死在井中的貞子、名字與水相連結的淺

川；女人毫無例外地被賤斥爲邪惡的他者，一肩承擔起全人類的

罪惡，這正是恐怖（電影）的性別政治。

└──在結論時，以一段話進行全文的論點摘要

國家圖書館出版品預行編目資料

不學無術：從標點符號、期末報告到專書寫作
　／謝世宗著. －－ 初版. －－ 臺北市：五
南圖書出版股份有限公司, 2022.07
　面；　公分
ISBN 978--626-343-046-4（平裝）

1.CST：論文寫作法

811.4　　　　　　　　　111010615

1XLQ

不學無術：
從標點符號、期末報告到專書寫作

作　　　者 ― 謝世宗（396.8）

發 行 人 ― 楊榮川

總 經 理 ― 楊士清

總 編 輯 ― 楊秀麗

副總編輯 ― 黃文瓊

責任編輯 ― 吳雨潔

封面設計 ― 王麗娟

美術設計 ― 姚孝慈

出 版 者 ― 五南圖書出版股份有限公司

地　　　址：106台北市大安區和平東路二段339號4樓

電　　　話：(02)2705-5066　　傳　　真：(02)2706-6100

網　　　址：https://www.wunan.com.tw

電子郵件：wunan@wunan.com.tw

劃撥帳號：01068953

戶　　　名：五南圖書出版股份有限公司

法律顧問　林勝安律師事務所　林勝安律師

出版日期　2022年7月初版一刷

定　　　價　新臺幣300元

經典永恆・名著常在

五十週年的獻禮——經典名著文庫

五南，五十年了，半個世紀，人生旅程的一大半，走過來了。

思索著，邁向百年的未來歷程，能為知識界、文化學術界作些什麼？

在速食文化的生態下，有什麼值得讓人雋永品味的？

歷代經典・當今名著，經過時間的洗禮，千錘百鍊，流傳至今，光芒耀人；

不僅使我們能領悟前人的智慧，同時也增深加廣我們思考的深度與視野。

我們決心投入巨資，有計畫的系統梳選，成立「經典名著文庫」，

希望收入古今中外思想性的、充滿睿智與獨見的經典、名著。

這是一項理想性的、永續性的巨大出版工程。

不在意讀者的眾寡，只考慮它的學術價值，力求完整展現先哲思想的軌跡；

為知識界開啟一片智慧之窗，營造一座百花綻放的世界文明公園，

任君遨遊、取菁吸蜜、嘉惠學子！